Vera Schlamm, Bewahrt zum Glauben

VERA SCHLAMM

Bewahrt zum Glauben

Der Weg einer jüdischen Ärztin

CHRISTLICHES VERLAGSHAUS GMBH
STUTTGART

Bücher, die dieses Zeichen tragen, wollen die Botschaft von Jesus Christus in unserer Zeit glaubhaft bezeugen.

Das ABCteam-Programm umfaßt in seiner Hauptreihe:

A = aktuelle Themen
B = Berichte, Erzählungen, Lebensbilder
C = Christsein heute

Als Sonderreihen erscheinen Jugendbücher (J), Werkbücher (W), Glauben und Denken (G + D).

Außerdem gibt es Geschenkbücher in besonderer Ausstattung.

ABCteam-Bücher erscheinen in folgenden Verlagen:

Aussaat Verlag Wuppertal / R. Brockhaus Verlag Wuppertal / Brunnen Verlag Gießen / Christliches Verlagshaus Stuttgart / Oncken Verlag Wuppertal / Schriftenmissions-Verlag Gladbeck.

ABCteam-Bücher kann jede Buchhandlung besorgen.

Originaltitel „PURSUED“
erschienen bei Gospel Literatur International, Glendale

Aus dem Amerikanischen übersetzt von Irmgard Muske, Fulda

1975
Umschlaggestaltung: Gotthold Ripp, Stuttgart
Gesamtherstellung: Druckhaus West GmbH, Stuttgart
ISBN 3-7675-0306-9

Ich wurde am 28. Februar 1923 in Berlin geboren. Als Einjährige kam ich wegen eines schweren Ekzems einige Tage ins Krankenhaus – bis meine Eltern beschlossen, mich wieder nach Hause zu holen. Die Ärzte gaben mir fünfzig Prozent Überlebenschancen. Ein zu Hause sofort einsetzender guter Appetit half mit, die Krise zu überwinden.

Das erste Kind meiner Eltern war im Alter von sechs Wochen gestorben. Danach wurden meine zwei Jahre ältere Schwester Marga und schließlich ich geboren.

Mein Vater besaß eine Konfektionsfabrik für Damenoberbekleidung – eine für die damalige Zeit typisch jüdische Beschäftigung und recht gewinnbringend. Etwa fünfzig Angestellte arbeiteten für ihn.

Wegen meiner Zartheit und Kränklichkeit kam eine private Krankenschwester zu meiner Pflege für zwei Jahre zu uns. Ich erinnere mich, wie ich abends in meinem Gitterbettchen lag, meine Hände nach beiden Seiten ausstreckte und zusah, wie die Schwester sie an die Holzstäbe festband. Wenn ich die Hände nicht frei hatte, konnte ich mich auch nicht kratzen. So wurde das jeden Abend gemacht.

Ich begehrte nicht dagegen auf, denn ich spürte, daß es zu meinem Besten war. Während ich auf den Schlaf wartete, um diese ungemütliche Lage zu vergessen, sagte ich ein kleines Gebet auf. Ich glaube, die Schwester hatte es mich gelehrt: „Ich bin klein, mein Herz mach rein, soll niemand drin wohnen als Gott allein."

Mit drei oder vier Jahren begriff ich den Sinn dieser Worte. Ich dachte darüber nach. Ich wußte, ich war klein, und ich wollte wirklich, daß kein anderer als Gott in meinem Herzen wohnte.

Ich entwickelte mich zu einem lebhaften Mädchen, das aber stets etwas kleiner als seine Altersgenossen blieb. Immerhin, Margas und meine Puppen waren doch noch kleiner als ich.

Marga war die geborene Führerin, und ich hatte von Natur aus ein anschmiegsames Wesen. Deshalb kamen wir gut miteinander aus. Gewöhnlich tat ich, was sie mir sagte. Wir teilten alles miteinander, auch die Masern. Dadurch verpaßte ich meinen ersten Schultag, von dem ich seit Jahren geträumt hatte!

Wir lebten in einer Mietwohnung, denn in jenen Tagen konnten sich nur sehr reiche Leute ein Eigenheim leisten, wobei es sich dann um eine Villa handelte. Sonntags ging die Familie manchmal zum Friedhof, wo Vater und Mutter die Gräber ihrer Eltern besuchten. Ich hatte mich immer zu meiner Schwester hingezogen gefühlt, die als Baby gestorben war, und so wanderte ich denn zu ihrem Grab. Oft fragte ich mich, was es wohl mit dem Tod auf sich hatte.

Am Freitagabend zündeten wir Kerzen an und sprachen über dem Wein den Segen. Gelegentlich erwähnten meine Eltern auch den Namen Gottes, doch mehr erfuhr ich über ihn nicht.

Verwandte besuchten uns am Sabbat, oder sie kamen zu den hohen Festtagen. Zum Passah versammelte sich die ganze Familie zu dem traditionellen Festessen. Ich nahm das Passahfest sehr ernst und war tief beeindruckt von dem Todesengel, der an den hebräischen Häusern vorbeiging, deren Türpfosten mit Blut bestrichen waren, und so die Erstgeborenen Israels verschonte. Ging er vorüber, weil die Einwohner jüdisch waren oder weil draußen Blut war? Neugierig fragte ich mich, ob das Blut auch die Erstgeborenen der Ägypter gerettet hätte. Im Tempel sagte ich ehrerbietig die vorgesprochenen Gebete auf und meinte jedes Wort ganz aufrichtig.

Um katholischen, protestantischen oder jüdischen Religionsunterricht zu haben, mußte unsere Klasse aufgeteilt werden. Außer ein paar Brocken Hebräisch lernten wir auch die Schöpfungsgeschichte kennen, dann die Berichte über die Erzväter und den Weg des jüdischen Volkes von Mose bis zur Babylonischen Gefangenschaft. Die Prophetengestalten fesselten meine Phantasie, und es beeindruckte mich tief, wie Gott dieses Volk führte, aber auch, wie es seinen Zorn erfahren mußte. Mein geradezu persönliches Verhältnis zu den Juden des Alten Testaments wurde auch nicht durch die Weihnachtslieder beeinträchtigt, die alle Schüler im Dezember sangen. Selbst meine Eltern hatten einen Weihnachtsbaum mit Rücksicht auf unsere heidnische Haushälterin. Sie erhielt von uns ein Weihnachtsgeschenk, wir dagegen beschenkten uns während der Chanukatage, dem jüdischen Lichtfest, Mitte Dezember, zur Erinnerung an den Sieg der Makkabäer über Antiochus IV.

Ich war zehn Jahre alt, als Hitler an die Macht kam. Mein Vater lag im Bett und las die Zeitung, die Hitlers politischen Sieg meldete. Er schüttelte nur den Kopf und meinte: „Das ist nicht gut für die Juden." Vielleicht habe ich bei dieser Gelegenheit zum ersten Mal den Namen dieses Mannes gehört.

Bald danach spürte ich unmittelbar am Verhalten einer Schulkameradin, was da eigentlich vor sich ging. Rosemarie, eine Nichtjüdin, war meine Freundin während der bisherigen Schulzeit gewesen. Sie vertraute mir ihre Geheimnisse an, und ständig spielten wir zusammen. Als die Haßpropaganda begann, schnitt mich Rosemarie fortan in der Schule. In einer neu eingeführten Unterrichtsstunde über Nationalsozialismus wurde den „arischen" Schülerinnen beigebracht, die Juden zu verachten. Während dieser Stunde, in der sie im Antisemitismus geschult wurden, hatten jüdische Schüler frei – was die anderen erbitterte. Dennoch wären wir jüdischen Kinder viel lieber im Klassenzimmer geblieben, denn wir kamen uns ausgestoßen vor. Nach der Schule gab es mehrere Möglichkeiten zu allerlei Sportarten. Die „Heiden" wurden genötigt, daran teilzunehmen, während es den Juden verboten war. Die „Heiden" schätzten es nicht, zur Teilnahme gezwungen zu werden, und wir mochten es nicht, daß man es uns verbot.

In Margas Klasse war es besonders schlimm. Die „Heiden" wollten nicht mehr neben jüdischen Schülerinnen sitzen oder ihre Mäntel neben „jüdische" Mäntel hängen – aus Angst vor „Verunreinigung".

Meine Eltern hatten einen langen Arbeitstag und sprachen selten über die Lage. Einer der Angestellten meines Vaters, er war Mitglied der SS, versuchte ihm Schwierigkeiten zu machen. Doch viele Freunde rieten meinem Vater: „Verlassen Sie Deutschland nicht, Herr Schlamm, weil dies alles sehr schnell vorüber sein wird. Lassen Sie sich nicht einschüchtern und zum Weggehen bewegen!"

Und doch wäre es das beste gewesen, auszuwandern. Aber das Geschäft lief immer noch, und so blieben wir. Viele deutsche Juden betrachteten sich zuerst als Deutsche und dann erst als Juden. Ich schrie genauso laut wie die „Heiden", als wir in der Schule erfuhren, daß Deutschland das Saarland zurückgewonnen hatte, das es nach dem ersten Weltkrieg abgeben mußte.

1935 war der Druck bereits so stark, daß meine Eltern Marga und mich aus der öffentlichen Schule nahmen und uns in einer jüdischen Schule unterbrachten. Ich war zwölf und Marga vierzehn Jahre alt. Ich fühlte mich sehr unbehaglich in der neuen Schule mit lauter fremden Kindern, die den Knirps Jutta Vera Schlamm anstarrten. Als unsere Musiklehrerin mich zum ersten Mal ansah, brach sie über meine Zwerg-Statur in Gelächter aus. Das war roh, aber verständlich – denn auch jetzt als Erwachsene messe ich noch nicht einmal 1,45 Meter!

Im Sommer 1936 – ich weiß es noch so genau – zitierte ein Junge vor einigen von uns ein sehr schmutziges Gedicht. Ich verstand es nicht, behielt es aber. Auch meine Eltern halfen mir in dieser Sache nicht, nachdem ich es ihnen wiederholt hatte. Sie verboten mir nur, es je zu wiederholen.

Im Herbst wurde ich in eine Schule in der Nähe von Meran geschickt. Es war eine deprimierende Veränderung, weil es dort keine Kinder in meinem Alter gab. So konnte ich nur in eine Klasse kommen, die meinen Kenntnissen nicht entsprach. Entweder mußte ich ein Jahr überspringen, wofür mir viele Kenntnisse fehlten, oder ich mußte eine Klasse zurück. Vor einigen Jahren hätte ich die Gelegenheit gehabt, eine Klasse zu überspringen. Damals erlaubten es meine Eltern nicht. Ich kam also eine Klasse zurück.

Einmal in jener Zeit erinnerte ich mich wieder an jenes unwürdige Gedicht, und ich fragte mich erneut, was es wohl bedeutete. Ich sprach eine Mitschülerin an, und bald hatte ich den Ruf, schlimme Dinge zu verbreiten und ein verdorbenes Kind zu sein.

Drei Tage lang wurde mir verboten, mit irgend jemand zu reden. Langsam begann ich, den Sinn des Gedichts zu verstehen, in dem von Sex die Rede war. Der Schock über dieses neue Wissen entlockte mir den Ausruf: „Oh! Aber meine Eltern würden so etwas niemals tun! Gibt es das wirklich?" Ich war nur neugierig, nicht verdorben.

Ich bat Gott um Vergebung, falls ich etwas Schlechtes getan hätte. Bald überkam mich völliger Friede. Ich wußte, ich hatte vor Gott nichts Unrechtes getan. Jetzt machte es mir nichts mehr aus, was die anderen dachten.

Ich war vierzehn Jahre alt, als ich in meine alte Schule in Berlin zurückkehrte. Trotzdem es eine rein jüdische Schule war, fand ich nicht mehr so recht Kontakt zu meinen Schulkameradinnen. Diese Isolierung hatte merkwürdige gesundheitliche Folgen. Ich litt in jener Zeit unter chronischem Kopfweh, was wiederum meine schulischen Leistungen stark beeinträchtigte.

Meist begann der Morgen mit einer kleinen Aufregung. Ich war immer pünktlich, während Marga stets im allerletzten Augenblick erschien. Ich ging als erste zur Straßenbahnhaltestelle. Marga war stets später dran. Sie schlang ihre Brötchen hinunter, während sie in langen Sätzen mir nachsprang. Wir hatten ein Signal vereinbart: Wenn ich die Straßenbahn kommen sah, winkte ich ihr, sich zu beeilen. War noch Zeit, ging sie langsamer. Meistens mußte sie laufen.

Es war 1938. Meine Eltern hatten bereits Anträge auf ein Visum gestellt für Holland wie für die Vereinigten Staaten. Sie wußten, daß wir nicht mehr lange in Deutschland bleiben konnten. Deshalb und auch wegen meiner Schwierigkeiten in der Klasse hörte ich mit dem Schulbesuch auf.

Mit Ende des Schuljahres im April ging ich ab. Ich war entschlossen, niemals wieder zur Schule zu gehen. Nun nahm ich an Stenographie- und Schreibmaschinenkursen teil und besuchte abends einen Spanischkurs, den eine jüdische Agentur organisiert hatte. Ich genoß dies sehr. Außerdem gab ich meinem Selbstgefühl einen nötigen Auftrieb, indem ich einem sechzigjährigen Mann half, der in den Stunden nur schwer mitkam.

Zu jener Zeit hatten wir einen nichtjüdischen Nachbarjungen namens Alfred. Seine und meine Eltern unterstützten unsere Freundschaft, obwohl keiner von uns beiden darüber besonders begeistert war. Etwa sechs Monate lang spielten wir zusammen oder fuhren mit dem Fahrrad, bis der Tag kam, an dem Alfred klar wurde, daß es nicht gerade das Ideale war, mit einem jüdischen Mädchen herumzufahren. So hörten wir auf, uns zu treffen.

Inzwischen hatte mein Vater ein Zweiggeschäft in Amsterdam eröffnet. Durch seine häufigen Reisen nach Holland hatte er sich mit einem der Schlafwagenschaffner angefreundet. Dieser Mann wohnte in einem Vorort Berlins. Ein paar Wochenenden verbrachte ich in dessen Familien, um der Verfolgung zu entgehen, die sich immer mehr erhitzte. Keiner seiner Nachbarn durfte wissen, daß ich jüdisch war. Mein hellblondes Haar und meine Gesichtszüge vermittelten kein typisch „jüdisches Aussehen". Ich sah eher wie ein wohlgeborenes Glied der arischen Rasse aus. Wenn wir einen Spaziergang machten, hielt uns manchmal jemand an und meinte: „Was für ein hübsches Mädchen! So typisch germanisch!"

Tochter und Schwiegersohn lebten bei dem Schlafwagenangestellten. Eines Tages kam ein Verwandter des jungen Mannes zu Besuch und betrachtete mich mißtrauisch. Er war

Mitglied der SS und fragte, wer ich sei. „Das ist meine Tochter", sagte die junge Frau.

Der SS-Mann war vor fünf Jahren schon einmal dort gewesen und konnte sich nicht erinnern, eine Tochter gesehen zu haben. Sie erklärte, ihre Mutter habe mich damals gerade mit nach Berlin genommen. Deshalb habe er mich nicht gesehen. Er nahm ihr diese Geschichte nicht ab.

„Siehst du das denn nicht?" unterbrach ihn seine Frau. „Sie sieht genau wie ihre Mutter aus."

Ich lächelte. Die Frau drückte sich wörtlich so aus: „Sie ist ihr wie aus dem Gesicht geschnitten."

Danach nannte ich meine Bekannten „Mutter" und „Vater", „Großmutter" und „Großvater". Es war ein gewagtes Spiel.

Zu Hilfe kam mir, daß ich mit meinen fünfzehn Jahren infolge meines zurückgebliebenen Wuchses wie eine Siebenjährige aussah. Ein Kind brauchte nicht so viele Fragen zu fürchten. Allerdings mußte es sich auch entsprechend verhalten können. Eine Siebenjährige kann zum Beispiel nicht verkünden, daß sie sich hinsetzen und ein Buch lesen will. Das aber wollte ich! So ging ich „schüchtern" ins Zimmer, näherte mich meiner „Mutter" und zeigte ihr ein Buch.

„Mutti", fragte ich zärtlich, „sind Bilder in dem Buch?"

„Ja, Liebes."

„Darf ich sie mir ansehen?"

„Ja."

So setzte ich mich auf die Couch und las das Buch. Ich kam mir schrecklich schlau vor.

Um diese Zeit besuchte uns mein Lieblingsvetter Günther. Er nahm gerade an einem Zimmermannskurs teil, in dem jüdische Jugendliche handwerklich ausgebildet wurden, ehe sie nach Palästina gingen. Wir wußten, daß Israel nicht bestehen konnte, wenn nur Geschäftsleute einwanderten.

Als er zum erstenmal kam, waren Marga und ich zugleich amüsiert und verlegen. Der Junge vom Land war wie ein Tölpel gekleidet und trug einen schlecht sitzenden, lächerlichen Hut. Man sagte Marga und mir, wir sollten ihn mit unseren Freunden bekanntmachen. Glücklicherweise kaufte Vater ihm einen neuen Anzug und Hut. Günther war sechs Monate älter als ich. Wir hatten miteinander eine vergnügte Zeit. Auch konnte man damals noch ins Theater und in öffentliche Lokale gehen. Gegen Ende seines Aufenthalts kamen auch seine Eltern zu Besuch. Schließlich fand sich die ganze Familie ein. In unserer kleinen Wohnung machten die Verwandten mit ihrem lauten Gerede einen großen Lärm. Günther bot an, mit mir einen Spaziergang zu machen, um eine Weile dem Lärm und der verbrauchten Luft zu entfliehen. Ich stimmte zu. Unbemerkt schlüpften wir hinaus.

Wir vergnügten uns, indem wir einfach einen Schaufensterbummel machten und die Menschenmenge beobachteten, die an diesem Samstagabend die Straßen belebte. Schon waren wir eine Stunde unterwegs, und mein leichtes Sommerkleid schützte mich nicht vor der kühlen Nachtluft. Wir sahen bei der Kaiser-Wilhelm-Gedächtniskirche ein Kino, das für Juden verboten war, und starrten uns an. Sollten wir?

Wir wagten es. Drinnen war es warm. Aber nach einigen Minuten gewann das Bewußtsein der Gefahr die Oberhand über mein Verlangen nach Wärme, und wir gingen wieder hinaus. Wir bahnten uns einen Weg durch die Menge und rannten nach Hause, betraten das Wohnzimmer und standen vor unseren Vätern. Zum erstenmal wurde mir klar, wie sich die beiden Brüder ähnelten: Zusammengepreßte Lippen – schmal gewordene Augen – hochgezogene Brauen.

„Wo seid ihr gewesen?"

Sie dachten, wir wären in einem der Eissalons gewesen, in die häufig SA-Männer gingen, um dort Juden zu stellen.

In jenem Jahr 1938 verließen zwei meiner Onkel Deutschland. Eine andere Tante und ein Onkel waren bereits drei Jahre zuvor nach Brasilien ausgewandert. In ihren Briefen berichteten sie, wie arm und unglücklich sie seien und daß sie Kisten als Möbel benutzen müßten. Obwohl es ihnen so schlecht ging, flehten sie uns an, ebenfalls auszuwandern; denn sie waren besser als wir informiert über das, was in Deutschland vor sich ging.

Vater verließ uns im Oktober. Ich nahm an, er sei wieder auf einer Geschäftsreise. Die folgenden Tage verliefen unruhig, da Mutter und Marga mich oft alleine ließen und zum Rechtsanwalt gingen. Wie sie mir sagten, sollte er die Entlassung meines Onkels aus dem Gefängnis erreichen. Er habe versucht, sein Vermögen nach Holland zu schmuggeln.

Gerüchte kamen auf, daß in Paris ein Judenjunge einen Deutschen getötet habe. Das war für die NS-Regierung ein willkommener Anlaß, einen Aufstand zu entfesseln, der dann am 9. November 1938 in ganz Deutschland wütete. An jenem Tag wurden alle Synagogen niedergebrannt, ebenso alle jüdischen Zentren. Jedes Geschäft mit dem vorgeschriebenen Schild „Jüdischer Laden“ wurde geplündert. Antisemitische Schlagworte brüllend, wälzten sich die Massen durch die Straßen. Zu ihnen gehörte auch mein früherer Spielkamerad Alfred.

Eine organisierte Masse von Jugendlichen und Erwachsenen warf Steine oder Asphaltbrocken durch die Schaufenster auf gefüllte Regale und zitternde Eigentümer. Man besorgte es den Juden gründlich, teilweise vierundzwanzig Stunden lang. Ich kauerte in unserer Wohnung und hörte, wie Flaschen im Laden an der Ecke zerbrachen.

Als der laute Terror begann, war Mutter mit Marga fort. Vor Angst lief ich die wenigen Meter im Zimmer auf und ab. Emmi, unsere Haushälterin, meinte, ich benähme mich wie ein Löwe im Käfig. Ich fürchtete, daß Mutter und Schwester etwas zugestoßen sein könnte. Als an der Wohnungstür die Klinke heruntergedrückt wurde, stürzte ich hinaus – gottlob, sie waren es!

Noch schlimmer als der Schrecken über diesen unerwarteten Angriff war das Gefühl der Hilflosigkeit, das die Kaufleute ergriff, als sie zusehen mußten, wie die Arbeit ihres Lebens systematisch zerstört wurde. Man durfte keinen Widerstand leisten. Man durfte nicht kämpfen. Man konnte keine Hilfe erwarten. Wenn wir, wie es den Juden in Warschau fünf Jahre später widerfuhr, in einem Getto gelebt hätten, wären wir als Gemeinschaft möglicherweise zum Widerstand fähig gewesen. Aber wir wohnten zerstreut in Berlin und waren voneinander abgeschnitten.

Eine große Traurigkeit überwältigte mich, als ich am nächsten Tag, nachdem sich der Pöbel wieder zerstreut hatte, zu meiner Englischstunde ging. An der Drogerie erblickte ich für den Bruchteil einer Sekunde das Gesicht des Besitzers. Mit leeren Augen starrte er auf einige Kinder, die noch ein paar Steine in seinen Laden warfen, um sich im Zielen zu üben. Das werde ich nie vergessen.

Keine Zuflucht! Kein Polizeischutz! Keine Hilfe von Mitbürgern! Alle standen gegen einen, so schien es jedenfalls.

Die SA verhaftete Tausende von jüdischen Männern und brachte sie in Konzentrationslager. Angstvoll fragte ich meine Mutter, ob Vater in Holland diesem Schicksal entgangen sei. Ja, er sei sicher, gab sie mir zur Antwort. Einige Tage darauf erfuhr ich, daß er nicht in Holland gewesen war, sondern mehrere Monate in einem Berliner Gefängnis gesessen hatte, weil er versuchte, mit Hilfe eines Mannes, der nach Holland reiste, unser Geld aus dem Land zu schmuggeln. Wenn man Deutschland verließ, mußte man nämlich alles Geld zurücklassen. Die Deutschen fanden in der Tasche des Mittelsmannes Namen und Adresse meines Vaters und verhafteten ihn. Zu jener Zeit war es für einen Juden eine Ehre und keine Schande, ins Gefängnis zu kommen.

Mutter verkaufte sogleich viele unserer Möbel, unsere Bilder und alles, was sie zu Geld machen konnte, um unsere illegale Ausreise nach Holland zu finanzieren. Wir brauchten ein paar tausend Dollar. Schließlich war das Geld zusammen, und wir trafen Absprachen mit jenen Männern, die diese Art von Geschäften tätigten.

Am Mittwoch, dem 1. Dezember 1938, wurde Vater vorläufig aus dem Gefängnis entlassen und erhielt die Weisung, sich am kommenden Montag bei der Behörde zu melden. Neue Unruhen wurden bereits für das Wochenende vorhergesagt. Wir hörten, daß dann eine weitere Verfolgungswelle die Juden treffen würde.

Wir sagten Emmi, daß wir für ein paar Tage fortgehen würden. Gerne hätten wir uns ihr anvertraut, denn sie stand treu zu uns. Für sie selbst aber war es besser, wenn sie von nichts wußte. Später, wenn sie verhört wurde, konnte sie ehrlich sagen, von nichts eine Ahnung gehabt zu haben.

In ihrer Treue zu unserer Familie pflegte Emmi die vielen Aufforderungen zu nationalsozialistischen Versammlungen, die sie erhielt, zu zerreißen. Ehe wir abreisten, sagte sie zu mir: „Ihr geht doch nicht fort, ohne es mir zu sagen, nicht wahr?"

Am Donnerstag sagte man mir, wir würden versuchen, über die Grenze zu entkommen und daß ich als Andenken mitnehmen dürfe, was mir am kostbarsten sei. Eine solche Situation reizte natürlich die Phantasie einer Fünfzehnjährigen. Mir kam alles sehr aufregend vor.

Sogleich stürzte ich mich auf einen Haufen Familienfotos und suchte die aus, die mir am besten gefielen. Meine Eltern wunderten sich, daß ich ausgerechnet Photographien auswählte. Aber später waren sie dafür dankbar.

Am Freitagmorgen rief ich Marion an. Ich war eine vollkommene Schauspielerin, als ich ganz beiläufig erwähnte, ich wollte nur hören, wie es ihr ginge. Niemand durfte von unseren Plänen wissen, doch wollte ich nicht, daß Marion später sagen würde, ich hätte nicht einmal angerufen.

Am Freitagabend verließen wir mit unserem Handgepäck die Wohnung und gingen die Straße hinunter. Den Weg an den Häuserblocks vorbei legten wir zu Fuß zurück, bis ein Wagen an den Bordstein fuhr und uns aufnahm. Wir befanden uns in einer seltsamen Mischung von Angst und Hoffnung.

Um Mitternacht erreichten wir Aachen.

Es war zu spät, um die Grenzüberquerung noch in jener

Nacht zu versuchen. So schlichen wir zur Hintertür eines Gasthofes und begaben uns auf Zehenspitzen zu den hinteren Räumen. Vorne im Restaurant lachten und tranken deutsche Soldaten.

Am Spätnachmittag des nächsten Tages bestiegen wir auf einer kleinen Station einen Zug, den wir in einem Dorf nahe der Grenze verließen. Dort wartete ein Mann mit einer weißen Nelke im Rockaufschlag auf uns. Wir kletterten in seinen Wagen. Während der Fahrt erklärte uns der Mann seinen Plan.

Die Nacht wurde tiefschwarz. Kein Licht und kein Stern erhellte unseren Weg. Geräuschlos hielt der Wagen an einem Feld im Sumpfgelände unweit der deutsch-holländischen Grenze. Unser Fahrer zeigte in eine Richtung. Nach wenigen Schritten würden wir auf einen Fußballplatz stoßen und sollten uns dann links halten, bis wir das Fußballtor am Ende des Platzes erreicht hätten. Dort sollten wir auf einen Holländer warten, der ein leises „Tsch, tsch, tsch" ausstoßen würde.

Wir packten unsere Sachen und tasteten uns über das Feld. Dann warteten wir geduldig unter den Pfosten des Tores auf die Zischlaute. Man hatte uns eindringlich davor gewarnt, den Weg auf eigene Faust zu versuchen, da das Moor äußerst gefährlich sei. Wir sollten warten, wenn es auch einige Zeit dauere.

Und das taten wir dann auch. Minute um Minute verstrich. Wir standen eng beieinander: Mutter und Vater, Marga und ich. Der Fahrer hatte uns außerdem eingeschärft, was wir sagen sollten, wenn man uns aufgriff, damit er nicht in Schwierigkeiten geriet. Doch hatte er uns versichert, daß dieser Weg zu neunundneunzig Prozent sicher sei. – Zwei Stunden lang sagten wir kein Wort und unterdrückten jedes Geräusch so gut wie möglich. Wir verbargen auch unsere Gesichter, so daß eine vorbeikommende Patrouille uns nicht erkennen konnte.

Nach einiger Zeit fing ich an zu beten. Ich versprach Gott

alles nur Denkbare, wenn er uns aus Deutschland herausbrächte! Jahrelang hatten meine Eltern mich von einem Arzt zum anderen geschleppt in dem vergeblichen Versuch, mein Wachstum anzuregen. Nun sagte ich Gott, daß ich mir nichts mehr daraus mache, ob ich noch wachsen würde oder nicht — wenn wir nur frei sein würden. Noch Jahre danach zögerte ich, einen Arzt aufzusuchen, aus Angst, ich könnte mein Gelübde brechen.

Aber dann begannen meine Kräfte zu erlahmen. Die Kälte kroch an mir herauf und ließ mich immer mehr erstarren. Meine Widerstandskraft wurde geringer. Schließlich begann ich auf Vater einzuflüstern und flehte ihn an, nach Deutschland zurückzukehren. „Es ist besser, in Deutschland und gesund zu sein, als in Holland mit einer Lungenentzündung."

Natürlich begriff ich die Situation in ihrer ganzen Tragweite noch nicht. Kälte und Hunger hatten meine Vernunft betäubt. Ich fühlte mich nur zutiefst elend.

Schließlich entschloß Vater sich, zurückzukehren. Unsere Beine taten weh, als wir durch den Regen wieder auf die Straße zugingen.

„Halt – oder ich schieße!"

Eine Stimme gellte durch das Schweigen der Nacht. Waren wir in eine Falle geraten? Eine Taschenlampe blitzte auf.

Vater fing an zu laufen. Was dachte er sich dabei? Wollte er schneller als eine Kugel sein?

Noch einmal rief die Stimme: „Halt, oder ich schieße!"

„Vater, komm zurück! Vater, nicht! Komm zurück!" So schrien wir, und jetzt erst hielt er mitten im Laufen inne. Langsam drehte er sich um und kehrte zu seiner Familie zurück. Wir sahen einander an, ehe wir zu dem Posten aufblickten, der uns gefangen nahm.

Ich hielt Vaters Hand, und Marga hielt Mutters Hand. Vater zitterte über dem Schock der plötzlichen Gefangennahme. Gewiß dachte er auch daran, was geschehen würde, wenn sie entdeckten, daß er nur vorläufig aus dem Gefängnis entlassen worden war.

Ich brachte meine Lippen an sein Ohr: „Vater, mach dir keine Sorgen! Gott wird uns heraushelfen."

Im Gestapobüro brachten sie uns Frauen in ein kleines Zimmer und zwangen uns dazu, uns auszuziehen. Marga entledigte sich der einzelnen Kleidungsstücke sehr bedachtsam und wechselte einen Blick mit mir. Ihr hatte man das Papier anvertraut, daß Vater nur vorläufig aus dem Gefängnis entlassen worden war. Er hätte es an der Grenze gebraucht, um die Holländer davon zu überzeugen, daß er fliehen mußte. Sie hatte es da versteckt, wo Mädchen solche Dinge verstecken. Als sie sich bis auf die Unterwäsche ausgezogen hatte und die Entdeckung nicht zu vermeiden schien, blickte sie die Frau, die uns untersuchte, ruhig an: „In meinem Gepäck im anderen Zimmer habe ich trockene Strümpfe. Würden Sie sie mir bitte holen?"

Es war wie ein Wunder. Die Frau erklärte sich dazu bereit. In ihrer Abwesenheit zog Marga sich schnell wieder an, und als die Wärterin zurückkam, wandte diese auch nichts dagegen ein. Sie hatte Marga so weit untersucht, wo sonst sollte noch etwas sein? Das bewußte Papier war gerettet.

Meine Mutter, meine Schwester und ich hatten gültige Pässe und das Ausreise-Visum. Die Gestapo sagte, wir könnten gehen. Zu diesem Zeitpunkt hatten sie noch nichts dagegen, daß die Juden Deutschland verließen. Doch wegen Vaters Lage konnten wir keinen Gebrauch machen davon.

Vaters Paß war ihm im Gefängnis abgenommen worden. Er hatte nur zehn Dollar bei sich, den erlaubten Betrag, den man bei sich führen durfte, keine Papiere oder persönlichen Habseligkeiten, während wir anderen Koffer bei uns hatten.

Da passierte es. Vater platzte in seiner Aufregung mit dem Satz heraus: „Ich muß am Montag auf jeden Fall wieder in Berlin sein. Ich muß am Montag zurück sein."

Wir anderen duckten uns, denn wir nahmen an, im nächsten Augenblick würde er erwähnen, daß er sich bei der Polizei melden müsse. Wir unterbrachen ihn, um ihn davor zu bewahren, einen verhängnisvollen Irrtum zu begehen.

Sie wollten Vater nicht gehen lassen, bis Marga vorschlug, daß einer ihrer Vertrauensmänner uns zum Bahnhof bringe und sich vergewissere, daß wir den Zug nach Berlin bestiegen. Wir waren stillschweigend übereingekommen, lieber alle nach Berlin zurückzukehren, anstatt ohne Vater über die Grenze zu gehen und ihn bei der Gestapo zurückzulassen. Die Gestapo stand nicht in dem Ruf, mit Juden viel Umstände zu machen.

Margas Vorschlag wurde angenommen – unter der Bedingung, daß zuvor ein Anruf in Berlin unsere Geschichte bestätigte. Eine halbe Stunde lang versuchten sie, Berlin zu erreichen. Aber alle Leitungen waren entweder gestört oder besetzt. So verloren sie schließlich die Geduld und riefen einen Gestapomann herein, der uns zum Bahnhof bringen sollte. Es war derselbe Bursche, der uns zum Fußballplatz gefahren hatte! Nur – die weiße Nelke war diesmal durch eine Uniform ersetzt.

Während er fuhr, dankte er uns immer wieder, daß wir ihn nicht verraten hatten. Er bot uns an, in der nächsten Nacht noch einmal einen Versuch zu machen. Doch wir konnten ihm kein Vertrauen mehr schenken. Niemand hatte uns am Fußballplatz abgeholt. Konnte nicht doch alles eine abgekartete Sache mit der Gestapo gewesen sein? Aber dann hätte er uns gleich verhaften können. In unserer Verwirrung beschieden wir ihn endgültig: „Danke! Nein, danke!"

Wir kamen wieder in unserem Gasthof in Aachen an, den wir nachmittags verlassen hatten. Marga und ich gingen erschöpft zu Bett, während unsere Eltern im Hintergrund des Zimmers flüsternd besprachen, daß Vater noch in dieser Nacht allein einen neuen Versuch wagen müsse.

Um acht Uhr am nächsten Morgen kamen wir die Treppe herunter und fanden Mutter in Tränen aufgelöst. „Kinder, Vater ist vor etwa vier Stunden fortgegangen. Ein paar zweifelhafte Gestalten haben ihn abgeholt. Sie sagten, er würde schon eine halbe Stunde später von Holland aus anrufen. Bisher hat er es nicht getan. Ich habe Tabletten. Es hat keinen Sinn für uns, weiterzuleben – denn Vater ist offenbar ... ist ... ist ..."

„Mutter!" unterbrach Marga sie schnell und bestand darauf, daß wir noch etwas warteten. Sie war siebzehn, voll sprühenden Lebens und nicht bereit, schon jetzt aufzugeben. Ich war immer ein gehorsames Kind gewesen und hätte die Tabletten ohne irgendwelche Bedenken genommen.

Eine Stunde später kam der Anruf. Vater war so erschöpft, daß seine Stimme fremd klang und Mutter zuerst nicht sicher schien, ob er es wirklich war. Doch sprach er die wenigen polnischen Worte, die sie beide kannten. Wenn sie in Margas und meiner Gegenwart redeten, benutzten sie polnische Ausdrücke wie: „Sie ist die Kleine" oder: „Es ist Zeit für sie, ins Bett zu gehen."

„Ich weiß nicht, ob er es wirklich war", meinte Mutter, als sie den Hörer aufhängte.

Dreißig Minuten später rief Vater wieder an. Da klang seine Stimme schon besser. Die Männer, die ihn über die Grenze brachten, hätten sich verirrt. Kreuz und quer seien sie durchs Land gegangen. Einmal hätten sie sich sogar in einem deutschen Wachlokal ausgeruht.

Vaters Herz war schwach – ein Leiden, das er sich im ersten Weltkrieg an der Front durch einen Gasangriff zugezogen hatte. Er war ein guter Deutscher gewesen und hatte sogar einen Orden bekommen.

Es war für ihn schwierig gewesen, mit den Männern Schritt zu halten, als sie ihn durch das Sumpfland schleppten. Sein schwerer Mantel belastete ihn. Schließlich wurde er vor Erschöpfung und Angst fast blind. Die Männer führten ihn an der Hand, bis sie ihren Bestimmungsort, ein Grenzdorf in Holland, erreicht hatten. Nachdem Vater in Sicherheit war und sich etwas ausgeruht hatte, kehrte die Sehfähigkeit wieder. Das erste, was er sah, war eine offene Hand – die auf Bezahlung wartete, ehe Mutter, Marga und ich über die Grenze nachgeholt würden. Wir hatten der Gestapo unsere Pässe ausgehändigt und versprochen, nach Berlin zurückzukehren. So hatten wir unsere reelle Chance, ins Ausland zu kommen, verpaßt.

Mein Vater nahm Kontakt zu dem Mann auf, der sein Geschäft in Amsterdam führte, und wies ihn an, Geld zu schicken. Später fand er heraus, daß dieser Mann ihn die ganze Zeit beschwindelt und seinen Paß vom Amt nicht abgeholt hatte, weil er noch nicht damit fertig war, die Bücher in Ordnung zu bringen.

Wieder fuhr vor dem Gasthof ein Wagen für uns vor. Marga, die immer die tapferste gewesen war, schreckte nun zurück. Drei Tage lang war sie nervenzermürbenden Erlebnissen ausgesetzt gewesen. Nachdem wir sie sanft überredet hatten, nahm sie sich zusammen und stieg ein. Wir fuhren auf die Grenze zu. Marga hatte einen falschen holländischen Paß, dessen Bild eine fünfunddreißig Jahre alte Frau zeigte. Auch das Paßbild meiner Mutter hatte keinerlei Ähnlichkeit mit ihr. Was mich betrifft, so muß ich laut Bild und Geburtsdatum als unter acht Jahren gelten. In Wirklichkeit fehlten nur noch ein paar Monate bis zu meinem sechzehnten Geburtstag!

Was würde an der Grenze geschehen? Ich sorgte mich, weil ich als so jung gelten mußte. Außerdem konnte ich kein Wort Holländisch. Es war schon Nacht, als wir die Grenze erreichten. Wir rollten uns auf den Sitzen zusammen und gaben vor, zu schlafen. Ich glaubte, man müßte mein Herz hören können, so laut schlug es. Die Taschenlampe des Grenzbeamten beleuchtete einen Wageninsassen nach dem anderen, während er uns mit den Paßbildern verglich! Entweder blendete Gott seine Augen, oder jemand hatte seine Brieftasche gezückt. Er ließ uns passieren.

Im Grenzdorf trafen wir Vater. Wir bestiegen einen Zug nach Amsterdam. Noch auf der Fahrt machte ich mir Sorgen, daß mich jemand auf Holländisch ansprechen könnte. In diesen drei Tagen hatte ich soviel erlebt wie ein anderer in seinem ganzen Leben. Noch monatelang schreckten mich die furchtbarsten Alpträume aus meinem leichten Schlaf. —

Wir waren noch nicht lange in Amsterdam, als die Holländer jene zu internieren begannen, die wie Vater illegal über die Grenze gekommen waren. Damit wollten sie andere Flüchtlinge abschrecken, nach Holland einzuwandern. So wurde auch an Vater ein Exempel statuiert. Man wies ihn in ein Flüchtlingslager ein. Die Männer wurden dort nicht schlecht behandelt. Doch Lager blieb Lager, und Mutter fürchtete, sein Herz könnte dem nicht gewachsen sein.

Einen Monat später fuhr sie nach Den Haag und entdeckte dort, daß unsere Visa schon seit Wochen bereitlagen, aber nicht abgeholt worden waren. Damit konnte die ganze Familie als legal nach Holland eingewandert angesehen werden, und Vater wurde freigelassen.

Bald nachdem er wieder bei uns war, schlossen Marga und ich uns einer zionistischen Jugendgruppe an. Als wir zum ersten Treffen erschienen, hörte ich ein Mädchen sagen: „Oh, um Himmels willen!" Es war Lore Zuckerberg, das größte Mädchen der Gruppe, die in diesem Augenblick zum ersten Mal das kleinste Mitglied erblickte. In diesem Fall zogen sich die Gegensätze (in der Körpergröße) an, und wir wurden sehr schnell Freundinnen.

Oft machten wir mit dem Fahrrad Ausflüge aufs Land oder veranstalteten „Kriegsspiele", die unseren früheren Versteckspielen ähnelten.

An jüdischen Festtagen verkaufte die Jugendgruppe Honig zum neuen Jahr und Schwertlilien für das Passahfest. Der Reingewinn wurde dem jüdischen Nationalfonds überwiesen, mit dem Palästina aufgebaut werden sollte. Mich ergriff eine große Liebe zu diesem Land. Es war der Traum von einer jüdischen Heimat, eine Vision, die dem Österreicher Theodor Herzl, dem Begründer des Zionismus, vorgeschwebt hatte.

Von Oktober 1939 bis März 1940 war ich im Krankenhaus — wieder wegen meines ausbleibenden Wachstums. Obwohl meine Eltern auf Behandlung bestanden, warf diese Zeit einen Schatten auf mein Gott gegebenes Gelübde.

Marga und Lore hielten mich auf dem laufenden, was die

Jugendgruppe betraf. Immer mehr Berichte über den Aufbau Palästinas durch die Juden trafen ein. Ich war begeistert zu erfahren, daß Jesaja recht hatte, als er prophezeite:

„Ja, der Herr tröstet Zion,
er tröstet alle ihre Trümmer
und macht ihre Wüste wie Eden
und ihr dürres Land wie den Garten des Herrn,
daß man Wonne und Freude darin findet,
Dank und Lobgesang" (Jesaja 51, 3).

Man erinnerte sich auch an Hesekiel, der oft von der Wiederherstellung des Landes gesprochen und im 37. Kapitel seines Buches das große Gleichnis von dem Tal mit den Totengebeinen aufgeschrieben hatte, in das Gott sein zerstreutes Volk zurückbringen wird.

Das Leben im Krankenhaus war nicht unangenehm, doch wäre ich lieber zu Hause gewesen. Ich lernte Holländisch sprechen und half den Krankenschwestern in einem großen Saal. Während sie dienstfrei hatten, ging ich mit ihnen oft spazieren.

Wenn eine Schwester einem Patienten mitteilte, daß er kein Frühstück bekam, bedeutete das, daß ihm irgendeine Untersuchung bevorstand. Im Krankensaal, in dem ich lag, hieß das, daß ein Magenschlauch eingeführt oder eine Nadel zur Blutentnahme in die Armvene gestochen wurde. Alle fanden natürlich die Blutentnahme weniger schlimm, nur ich nicht. Was ich bei einer Magenuntersuchung durchmachte, war nicht halb so schlimm, als wenn ich ein wenig Blut hergeben sollte. Denn niemals fanden sie bei mir eine geeignete Vene, aus der sie Blut entnehmen konnten. Sie versuchten es trotzdem immer wieder. An der Ellenbeuge – nichts! An der Hand – nichts! Am Fuß – kaum! Die ganze Prozedur war sehr schmerzhaft. Selbst heute bin ich noch sehr geizig mit meinem Blut. Heute weiß ich, daß ich nur über eine Vene verfüge, aus der man Blut entnehmen kann. Deshalb wache ich sehr sorgfältig über sie!

Nach meiner Entlassung aus dem Krankenhaus im März

1940 war ich mit meinem Vater und einem Buchhalter damit beschäftigt, Beweise gegen den Mann zu sammeln, der meinen Vater betrogen hatte. Ich entwickelte mich zu einer brauchbaren kaufmännischen Angestellten.

Die meisten Abende waren mit dem Besuch der Handelsschule belegt, in der ich außer den Grundbegriffen der Buchführung auch das Schreiben holländischer Geschäftsbriefe erlernte. Vater pflegte seine Briefe deutsch zu diktieren, und ich übersetzte sie ins Holländische.

Es war frühmorgens am 10. Mai 1940. Ich war schon halbwach, als ich ganz in unserer Nähe Maschinengewehrfeuer hörte – aber ich tat das Ganze als einen schlechten Traum ab. Es war aber schlimmste Wirklichkeit: Deutsche Truppen marschierten in Holland ein. Wir alle waren sehr aufgeregt. In den nächsten fünf Tagen kamen wir zu nichts anderem, als von unserer Wohnung zu einem Luftschutzbunker und zurück zu laufen. Es war ein ständiges Hin- und Herjagen.

Schon früh am Morgen um fünf Uhr warf uns das Geheul der Luftschutzsirene aus den Betten. Ich verbarg mich unter dem Deckbett. Doch Marga, die uns alle zur Haustür zog, war immer wieder darum bemüht, uns alle pünktlich in den Luftschutzraum zu bringen.

Eines Morgens hörte ich ein Geräusch, das das Geheul der Sirene weit in den Schatten stellte. Instinktiv duckte ich mich unter der Bettdecke und betete, daß die Bombe über unsere Köpfe hinwegfliegen möge. Sie explodierte hinter unserem Haus. Später lernte ich, daß eine Bombe, die man hört, bereits vorüber ist, selbst wenn das lauter werdende Geräusch einen vom Gegenteil überzeugen möchte.

Die holländischen Juden strömten in Scharen zur Küste und belegten jedes Schiff, das eine sichere Überfahrt nach England versprach. Die deutschen Juden durften sich nicht auf der Straße blicken lassen.

Dann kamen deutsche Soldaten mit Fallschirmen herunter. Sie machen Rotterdam dem Erdboden gleich, nahmen Stadt um Stadt ein und rückten auf Amsterdam vor. Die Holländer, die tapfer gekämpft hatten, ergaben sich nach fünf Tagen.

Am letzten Tag wurde das Ausgehverbot aufgehoben, und wir begaben uns in aller Eile zum Hafen. Aber alle Schiffe waren bereits ausgelaufen. Vater, der Angst hatte, daß man ihn suchen würde, nahm sich ein Zimmer in einem anderen Haus und verbarg sich dort. Ich glaubte nicht, daß sie nach ihm suchen würden, aber Mutter behauptete es immer wieder. Vater tauchte für ein Jahr unter und sah uns nur dann, wenn er es für gefahrlos hielt.

Gerade, als wir die Aufforderung erhalten hatten, uns wegen unserer Einreisegenehmigung nach Amerika im US-Konsulat einzufinden, wurde dessen Sitz durch einen Bombenangriff zerstört. Zuerst hielt uns das Ausgehverbot zurück, dann verbrannten unsere Papiere.

Bald hatte die deutsche Wehrmacht die Kontrolle über das ganze Land. Jeder Einwohner mußte sich melden. Auf unsere Ausweise wurde ein großes „J" gestempelt.

1941 erkrankte meine Mutter sehr schwer. Sie hatte vermutlich Tuberkulose. Auf jeden Fall waren ihre Lungen nicht in Ordnung. Für vier Wochen kam sie in ein Krankenhaus.

Den Soldaten folgte auf dem Fuße die Gestapo (= Geheime Staatspolizei). Die erste Razzia galt allen jüdischen jungen Männern von siebzehn bis einundzwanzig Jahren. Sie wurden nach Mauthausen gebracht. Keiner von ihnen kehrte je zurück.

Bald danach ging meine Mutter in ein Sanatorium nach Hilversum, etwa dreißig Kilometer von Amsterdam entfernt. Ich mietete mich in einer nahen Pension ein, so daß ich sie jeden Nachmittag besuchen konnte.

Anfang Dezember 1941 überfielen die Japaner Pearl Harbour. Vor Freude tanzten wir und umarmten uns, glücklich darüber, daß Amerika nun gezwungen war, in den Krieg einzutreten. Wir ahnten, daß auf diese Weise eine Wende kommen könnte.

Zu Beginn des Jahres 1942 mußten wir Abzeichen mit dem

Davidsstern und dem Wort „Jude" tragen. Uns als Teenagern machte das nicht viel aus. Wir scherzten sogar darüber und ermutigten uns gegenseitig: „Tragt das braune Abzeichen mit Stolz! Kein Jude wird daran sterben." Das sollte sich noch als verhängnisvoller Irrtum erweisen.

Die nichtjüdischen Bewohner Amsterdams benahmen sich wundervoll. Sie grüßten uns demonstrativ und überließen uns ihre Plätze in der Straßenbahn oder im Bus, um zu zeigen, daß sie mit dem Haß der Deutschen auf uns nichts zu tun haben wollten. Sie halfen uns, wo sie nur konnten.

Holländische Schaffner traten in den Streik, als jüdische Kinder in Lager verschickt wurden. Man zwang sie, am nächsten Tag ihre Arbeit wieder aufzunehmen. Juden durften nun nicht mehr in öffentlichen Verkehrsmitteln befördert werden.

Bald darauf wurden deutsche Geschäftsführer in jüdische Firmen gesandt. Diese pflegten einfach hereinzuspazieren und zu sagen: „Hier bin ich. Ich übernehme die Leitung."

Als ich eines Nachmittags mit der Arbeit bereits fertig war, rief Vater mich vom Geschäft aus an. Am Ton seiner Stimme konnte ich schon erraten, was geschehen war.

„Ist er gekommen?"

„Ja."

Jetzt war also ein Herr Schmidt der Chef. Im Vergleich zu anderen war er nicht einmal so schlimm, aber er beschlagnahmte unser ganzes Geld, und Vater hatte nichts mehr zu sagen. Eine seiner ersten Aufgaben war es, mich zu entlassen, da er nicht zu viele Juden beschäftigen durfte. Ohne Vater konnte er freilich nicht auskommen.

Lore und ich nahmen nun Unterricht im Anfertigen von künstlichen Blumen, die zum Anstecken gebraucht wurden. Mit unseren geringen Einnahmen bezahlten wir den Unterricht in Englisch, Literatur und Psychologie. Es lenkte auch ein wenig ab.

Im Mai 1942 verlobte Marga sich mit Erik Haas. Zwei Monate später planten wir für ihn eine Geburtstagsgesellschaft. Ich fuhr auf meinem Fahrrad hin und erfuhr, daß gerade ein Mann mit einer Vorladung für Erik erschienen war. Am Abend des 14. Juli hatte er sich auf einem Bahnhof einzufinden zwecks Abtransport in ein Konzentrationslager.

Ich wurde eiligst zu meinen Eltern geschickt. Gewöhnlich wußte Vater irgendeinen Weg, um Leuten in einer solchen Lage zu helfen.

Nur wenige Tage später erhielten Marga und ich dieselbe Vorladung. Tausende jüdischer Jugendlicher in unserem Alter bekamen den Befehl, sich am 14. Juli zu melden. Mit der irrigen Vorstellung, daß Familienmitglieder im Lager zusammenbleiben würden, heirateten Marga und Erik sofort.

Am 8. Juli 1942 fand die bürgerliche Trauung statt. Vier Tage später kam ein Rabbi in unser Haus, um das Paar noch einmal zusammenzugeben, damit alles „koscher" wäre. Die einzig Fröhlichen dabei waren die Braut und der Bräutigam.

Am 13. Juli, einen Tag vor dem Termin der Deportation, schlug unser Doktor vor, daß ich einen deutschen Arzt aufsuchen sollte. Vielleicht würde ich aus gesundheitlichen Gründen von der Einweisung in ein Lager befreit werden. Vater brachte mich zu dem Arzt. Während wir warteten, erlebten wir mit, wie Männer, Frauen und Kinder mit verschiedenen Krankheiten dennoch für das Lager bestimmt wurden.

Ich geriet in panische Angst. Marga und Erik waren für Auschwitz bestimmt. Ich hatte keine Lust, auch dorthin zu gehen. Noch hatten wir nicht erfahren, was in Auschwitz vor sich ging, aber daß es sich um nichts Gutes handelte, ahnten wir. Wir hatten keinen Plan gemacht, wie ich mich bei dem Arzt benehmen sollte. Doch aus meinen Erfahrungen in Deutschland, wo ich mich als Teenager wie eine Siebenjährige hatte benehmen müssen, tat ich, als wäre ich geistig zurückgeblieben.

„Wo wohnen Sie?" fragte der Arzt.

„Wir wohnen ..." Vater wollte für mich antworten.

Der Arzt unterbrach ihn: „Ich möchte ihre Antwort hören!"

Ich fing an, sehr langsam etwas zu murmeln.

„Gehen Sie jemals auf die Straße?"

„Ja! Aber nur bis zur Ecke."

Ich war starr vor Angst.

Vater unterbrach das Verhör und setzte sich für mich ein: „Sehen Sie, wie klein ihre Hände sind! Können Sie sie nicht bei uns lassen?"

Vater redete den Arzt mit „Herr Sanitätsrat" an. Das war ausschlaggebend. Der geschmeichelte Doktor stellte mich zurück. Ich glaube, damals wurde mein Name auf den Listen gestrichen, denn die Nazis interessierten sich niemals wieder für mich persönlich. Ich hätte allem entkommen können, wenn ich damals untergetaucht wäre. Aber ich entschloß mich, bei meiner Familie zu bleiben.

Am selben Tag überzeugte Herr Schmidt, unser deutscher Geschäftsführer, die Gestapo, daß Erik und Marga im Geschäft unabkömmlich seien. Vater hatte zuvor gerade von Damenkonfektion auf Pelzfutter für Soldatenmäntel umgestellt. Dies war eine seltene und gesuchte Produktion, auf die man nicht verzichten konnte.

Alle Juden waren auf Listen erfaßt, die nach Arbeitsbereichen aufgestellt wurden. Anfänglich versuchten die Juden, auf jede nur mögliche Liste zu kommen, in der Hoffnung, ihre Beschäftigung würde sie vor der Einweisung in ein Lager bewahren. Aber später benutzten die Deutschen gerade diese Listen, um neue Zuladungen von Dienstverpflichteten für ihre Lager zusammenzustellen.

Im August 1942 begannen Razzien. Von unserer Wohnung aus konnten wir sehen, daß die Deutschen unsere Straße an beiden Enden abgeriegelt hatten und ganz methodisch dabei vorgingen, jüdische Mieter aus ihren Wohnungen zu holen.

Einige Tage später zwangen sie jüdische Familien, die in den Vororten wohnten, in unsere Straße in der Innenstadt zu ziehen. Zu uns kamen Leute, die Anhänger der „Christlichen Wissenschaft", also „getaufte" Juden waren.

Wenig später stand der Name jener Familie erneut auf einer Liste, mit der die Deutschen eines Nachts in unser Haus kamen. Als sie entdeckten, daß noch mehr Juden, nämlich wir, dort wohnten, beschlossen sie, „richtig aufzuräumen" und alle mitzunehmen.

Ich schlief in einer kleinen Mansarde im Dachgeschoß. Ich hörte, wie die Deutschen die Stufen heraufstiegen, und der vertraute Kloß saß mir wieder im Hals. Meine Tür war nicht abgeschlossen. Gewöhnlich gab es dazu ja keinen Grund, aber jetzt ... Ein Polizist versuchte, die Tür neben der meinen zu öffnen. Sie führte zu einem Vorratsraum und war verschlossen. Meine Tür ließ sich öffnen. Er tastete nach dem Lichtschalter, und das Zimmer lag im hellen Licht. Und da war ich.

„Ziehen Sie sich an!"

„Sobald Sie hinausgehen, werde ich mich anziehen", stammelte ich.

„Nein, ziehen Sie sich jetzt an!"

Ich hatte keine andere Wahl. Ich schälte mich aus den Decken, zog meine Kleider an, nahm einen Rucksack, der bereits gepackt stand, und ging die Treppe hinunter.

Voller Sorge betrat ich das Schlafzimmer meiner Eltern. Ich merkte, daß sie sich zwangen, ruhig zu bleiben. Sie verhandelten mit den Deutschen, und es gelang ihnen, sie zu bestechen, so daß ich zu Hause bleiben durfte. Was sie ihnen gaben, weiß ich nicht.

Marga und Erik nahmen sie jedoch mit. Meine Schwester und mein Schwager wurden mit einer Menge Juden in ein Theater gesperrt. Dort lagen die Leute in den Sitzen oder auf den Gängen und warteten darauf, abtransportiert zu werden. Die meisten kamen nach Westerbork, ein Konzentrationslager in Holland. Von dort wurden später viele nach Auschwitz geschickt.

Marga und Erik blieben einige Tage in dem vollgestopften Theater, bis es Herrn Schmidt wieder gelang, sie freizubekommen. Für eine kurze Zeit kamen sie nach Hause, bis wir eines Abends Josef Göbbels im Radio verkünden hörten: „Wir werden das Judentum vernichten."

In diesem Augenblick klingelte es an der Tür.

Erik lächelte: „Das ging aber schnell!"

Es war aber kein Anlaß zu scherzen. Ich nahm gerade ein Bad, als ich die schweren Schritte und die Türklingel hörte. Sofort zog ich meine für das Lager bestimmten Sachen an und packte meinen Rucksack, denn das Klingeln konnte nur eins bedeuten: erneute Razzia.

Die Liste, nach der an diesem Tag verhaftet wurde, enthielt die Namen derer, die für die deutsche Armee arbeiteten. Vater, Marga und Erik waren die Betroffenen. Mutter und ich standen nicht darauf. – Nach einigen Tagen gelang es Herrn Schmidt abermals, Vater freizubekommen. Für meine Schwester und ihren Mann konnte er nichts tun. Doch Eriks Onkel, der ein Fahrradgeschäft besaß, bot einem Beamten ein Fahrrad und Geld an. Die Bestechung gelang. Marga und Erik wurden nach einer Woche entlassen. Der jüdische Onkel hatte eine Nichtjüdin geheiratet. So war er damals und während des ganzen Krieges vor dem Zugriff der Deutschen sicher.

Es war einige Monate später. Ich radelte gerade eine enge Seitenstraße hinunter, um Lore zu besuchen. Plötzlich packte mich eine Hand an der Schulter. Ich wandte den Kopf. Ein fremder Mann fuhr auf einem Rad neben mir. Die Holländer waren so nett zu uns, daß ich es mir nicht zweimal überlegte, als er mir anscheinend etwas in die Hand zu drücken versuchte. Oft beschenkten sie uns mit Gemüse, Butter und Eiern, die wir nicht kaufen konnten. Als ich aber die Hand in seiner Richtung ausstreckte, wurde mir schnell klar, um was es ging. Meine Hand zuckte zurück. Unter dem Mantel war der Mann vollkommen nackt. Sogleich griff seine Hand zu und betastete mich überall an meinem Körper. Dabei benutzte er Worte, die ich zum größten Teil gar nicht verstand. Wir fuhren Seite an Seite. Mit aller Kraft trat ich in die Pedale. Er ließ nicht einmal einen Zoll Zwischenraum zwischen uns. Sarkastisch belehrte er mich, wozu jüdische Mädchen da seien, nämlich um benutzt zu werden. Er drohte, mich zur SS zu bringen, wenn ich zu entkommen suchte.

In meiner Angst sandte ich Stoßgebete zu Gott. Gleichzeitig überfiel mich ein Wirbelsturm sich widerstreitender Einfälle. Sollte ich mich vom Rad fallen lassen? Sollte ich die Leute auf der Straße um Hilfe bitten? Sollte ich weiterfahren? Seine Hand heftete sich wie ein Schraubstock an meine Schulter. So kamen wir an eine Ecke, an der ich abbiegen mußte. Ich fühlte neue Kraft, und meine Worte durchstießen die Angst: „Ich muß hier abbiegen." Mein Rad schoß nach links. Er aber blieb bei mir. Noch einmal nach links. Er folgte wieder. Ich sah das Geschäft von Lores Vater und raste darauf zu. Schnell sprang ich vom Rad, schloß es zitternd ab und drückte auf die Türklingel. Der Mann saß kühl auf seinem Fahrrad, beobachtete mich und wartete. Lores Mutter öffnete mir die Tür. Ich flog an ihr vorbei. Mein Körper wurde von schwerem Schluchzen geschüttelt, ehe sie aus mir die Geschichte herausbekommen konnte. Der Mann fuhr nach einigen Augenblicken davon. Eins meiner Stoßgebete war erhört worden. Wir hätten niemand zu Hilfe rufen können. Die Polizei würde jeden Unsinn geglaubt haben, den der Mann ihr erzählte. Aber das Wort eines Juden galt nichts.

Einmal kam die SS in unsere Wohnung, um das Inventar aufzunehmen. Ich warf nur einen Blick auf sie. Einer sah dem Mann auf dem Fahrrad ähnlich. Für eine Sekunde begegneten sich unsere Augen in einem verlegenen Wiedererkennen. Ich wagte nichts zu sagen.

Lore arbeitete für die jüdische Agentur. Vater bot ihr an, für ihn zu arbeiten; denn wir ahnten, daß sie dann eher eine Chance hätte, in Amsterdam zu bleiben. Lore und ihre Eltern überlegten eine Zeitlang, ehe sie zu uns kam. Doch wir konnten damit für sie nur einen Aufschub der Deportation erreichen. Bald wurde auch Lore fortgeholt.

Bei der nächsten Razzia hatten sie alle unsere Namen auf ihrer Liste. Wir gaben unsere Katze in die Obhut unserer

Nachbarn, nahmen unsere Rucksäcke und gingen zum Lastwagen an der Ecke.

Erik fragte meinen Vater: „Nach welcher Liste nehmen sie heute nacht die Verhaftungen vor?"

„Es ist die Liste der Frontkämpfer, derjenigen, die im ersten Weltkrieg an der Front gekämpft haben."

„Aber ich habe damals doch noch nicht gekämpft."

„Ich habe dich auf die Liste geschmuggelt", sagte Vater.

Zwei Tage vergingen in Ungewißheit, bis der wohl mit magischen Kräften ausgerüstete Herr Schmidt seine Pflicht gegenüber dem Geschäft tat und uns als die „fünf Schlamms" herausbrachte. Da Eriks und mit ihm neuerdings auch Margas Name „Haas" lautete, war es bei ihnen doppelt schwierig gewesen.

Mit steifen Gelenken und einem Heer von Flöhen in meiner Decke kehrte ich nach Hause zurück. Die kleinen Quälgeister liebten mich sehr. Es muß wohl mein süßes Blut gewesen sein.

Bei unserer Rückkehr erzählte uns unsere Nachbarin, daß unsere Katze – die wir mit guten holländischen Namen „Jantje" oder „Piet" riefen – nicht bei ihr bleiben wollte und auf unserer Türschwelle auf uns gewartet habe. Ständig hörten wir „miau, miau", konnten aber nicht feststellen, woher es kam. Wegen des Ausgehverbots durften wir nach acht Uhr nicht mehr auf die Straße. Wir öffneten die Schränke, die Kommoden, blickten unter die Betten. Schließlich entdeckten wir die Katze unten im Garten. Wir durften nicht über die Straße in den Garten gehen. So riefen wir eine Nachbarin und baten sie, uns die Katze zu bringen. Das arme Ding war krank. Marga brachte es am nächsten Tag zu einem Tierarzt, dessen Diagnose lautete: Heimweh.

An jenem Abend nahm sie jeder abwechselnd auf den Schoß. Sie schnurrte sanft, dann rollte sie sich zusammen und starb, während wir die Sabbatgebete sprachen. Sie starb vor übergroßer Traurigkeit.

Am 20. Juni 1943 durchfuhr die SS die Straßen und befahl allen Juden, sich für das Lager bereitzumachen. Wir aßen die letzten Vorräte auf und packten unsere Sachen. Nach einem kurzen Aufenthalt in dem bewußten Theater wurden wir in einem Güterzug nach Westerbork gebracht. Dort angekommen, sprangen wir aus dem Zug und marschierten ins Lager. Jeder Person wurde ihr Barackenplatz angewiesen. Ich hatte es besser als viele andere. Mein Arzt in Amsterdam hatte einen jüdischen Kollegen im Lager gebeten, sich meiner anzunehmen. So kam ich ins Lagerkrankenhaus, was als großer Vorzug galt. Mutter und Marga wurden in einer Frauenbaracke untergebracht, während Vater und Erik bei den Männern blieben.

Ganz gleich, wo man untergebracht worden war, an jedem Dienstagmorgen um drei Uhr geschah das gleiche: Die Lichter gingen an. Eine Stimme dröhnte. Die Namen von genau tausend jüdischen Gefangenen wurden verlesen. Sie waren für Auschwitz bestimmt. Man wußte nie, wer aufgerufen werden würde. Verglichen mit anderen Lagern war Westerbork ein Paradies, aber dieses Warten auf den nächsten Dienstagmorgen war einfach entnervend.

Wir hatten täglich Hausarbeiten zu übernehmen, doch war es keine Arbeit, zu der wir gezwungen wurden, wie später. Juden, die den Deutschen gegenüber verantwortlich waren, leiteten uns dabei in einer Art Selbstverwaltung an. Wir hielten immer nach etwas Ausschau, was uns in den endlosen Stunden ablenken konnte. Binnen weniger Tage wurde Vater entlassen, um an seine Arbeit zurückzukehren. Für ihn war es eine schwierige Entscheidung, die er treffen mußte. Er hatte keine Gewähr dafür, daß seine Familie beim nächsten Transport nicht verschwinden würde.

„Sieh", sagte meine Mutter zu ihm, „es ist möglich, daß wir nach Auschwitz geschickt werden, ganz gleich, ob du bei uns bleibst oder nicht. Wir möchten lieber, daß du gehst und die Möglichkeit hast, uns später vielleicht herauszuholen."

Es gab nur fünf Firmen, die Mäntel mit Pelzfutter versahen. Deshalb wurde Vater so dringend gebraucht. Traurig kehrte er in unsere Wohnung zurück und fand sie vollständig ausgeplündert vor. Die Möbel waren fort, die Bilder zu Fetzen zerrissen, alle wertvollen Gegenstände verschwunden. Das war so üblich. Sobald eine jüdische Familie fortgebracht worden war, nahmen sich die deutschen SS-Leute, was sie fortschaffen konnten. Die offene Haustür lud die früheren Nachbarn ein, sich den Rest anzueignen.

Nach zwei Wochen eintönigen Lebens in Westerbork brachte Vater es fertig, Mutter und mich freizubekommen. In unserer leeren Wohnung verließ uns schnell das erregende Gefühl, frei zu sein. Für einen Monat siedelten wir in eine andere Wohnung über, während unsere renoviert wurde. Marga und Erik, die seit ihrer Hochzeit bei uns gewohnt hatten, befanden sich noch in Westerbork, so brauchten sie ihr Zimmer nicht. Wir machten daraus einen Vorratsraum. Wenn wir die Gelegenheit hatten, Konserven zu kaufen, lagerten wir sie dort. Wir backten auch Pfannkuchen mit Eiern und Butter, die unsere Freunde für uns auf dem Schwarzen Markt erworben hatten. Diese Pfannkuchen und selbstgebackenes Brot schickten wir unseren Freunden in verschiedenen Lagern. Wir wußten ja nun aus eigener Erfahrung, wie wichtig es war, mit Lebensmitteln versorgt zu werden. Oft backten wir auch Geld in die Pfannkuchen oder in das Brot. Doch die Wächter kamen hinter diesen Trick und schlitzten alles, was geschickt wurde, mit ihren Messern auf. Entweder mußte man nun aufhören, Geld zu schicken, oder darauf hoffen, daß das Messer die Hülle um das Geld verfehlte. Jeder, der im Lager ein Päckchen erhielt, mußte das auf einer vorgedruckten Karte bestätigen. Es wurde verlangt, daß eine Frau sowohl mit ihrem Mädchennamen als auch mit ihrem jetzigen Namen unterschrieb, ehe die Karte an den Absender geschickt wurde. Lore war unverheiratet, aber sie schrieb „großartig“ oder „wundervoll“ an den Platz für den Namen als Ehefrau, um ihre Anerkennung auszudrücken.

Lores Vetter in Schweden, den ich nicht kannte, wollte ihr auch ein Päckchen senden. Ich schrieb ihm, er möge es an mich richten, ich würde es dann weiterbefördern. Ich fürchtete, er werde Süßigkeiten schicken, die sie nicht brauchte. Er kannte mich nicht, darum kam er meinem Wunsch nur zögernd nach. Ich nahm alles, was er geschickt hatte, und wickelte es wieder in dasselbe Papier ein, nur daß ich die Außenseite nach innen drehte. Bisher waren die Karten immer mit der Unterschrift „Lore Zuckerberg-Großartig" oder „Lore Zuckerbeg-Wundervoll" gekommen. Diesmal schrieb sie „Lore Zuckerberg-Magnus" — das war der Nachnahme ihres Vetters. So half man sich, um bestimmte Nachrichten weiterzugeben.

Wir trafen einen Mann, der in Vught im Lager gewesen, später aber entlassen worden war, weil seine Frau Arierin war. Er berichtete, daß es in Vught niemandem erlaubt wurde, zu arbeiten, und daß die Insassen deshalb nichts für ihre Gesundheit tun konnten.

Am 12. Juli 1943 kamen Marga und Erik nach Vught. Wir waren damals schon etwa eine Woche wieder zu Hause.

Vater durfte für seine Firma eine Reihe Arbeiter im Lager in Vught beschäftigen, die das Pelznähen besorgten. Verschiedene Firmen bezahlten diese Arbeit stückweise. Die deutsche Lagerverwaltung hatte bestimmte Vorschriften, welcher Geldbetrag täglich einzukommen habe, über die Stückzahl war dagegen nichts vorgeschrieben. Je mehr Vater seinen Helfern im Lager also zahlte, desto leichter hatten sie es. Ein jüdischer Bote brachte die Arbeit ins Lager und nahm die fertigen Stücke wieder mit zurück. Es war ein guter Bekannter von Marga. In seiner Aktentasche befanden sich neben anderen Dingen auch belegte Brote oder ein Viertel Hähnchen für Marga und Erik. Er stellte die Tasche gewöhnlich in einem verlassenen Raum ab. Meine Schwester schlich sich dann herein, „stahl" die für sie bestimmten Lebensmittel und ging ruhig wieder hinaus. Sie hinterließ auch Nachrichten, die sie uns zukommen lassen wollte.

Das Lager in Vught war sehr viel schlechter als das in Westerbork. Man konnte es als ein richtiges Konzentrationslager bezeichnen. Erik wie auch andere wurden öfter gezwungen, sich in dickem Schmutz umherzurollen, entweder zur Belustigung der Wächter oder zur Strafe. Die Ernährung war scheußlich.

Es war am Vorabend des jüdischen Neujahrsfestes, als Vater mit der Nachricht nach Hause kam: „Heute nacht werden sie uns verhaften." Wir hatten noch einmal drei Monate Freiheit genossen. Nun packten wir wieder alle Lebensmittel ein, die wir unterbringen konnten. Als uns die Morgensonne weckte, war noch nichts geschehen.

Am nächsten Tag bereiteten wir uns darauf vor, das neue Jahr willkommen zu heißen, als Vater mit derselben Botschaft nach Hause kam: „Heute nacht bestimmt!" Da wir in der vorhergehenden Nacht alles vorbereitet hatten, legten wir uns früh schlafen. Ich wachte um sechs Uhr auf, als die Türglocke schellte. Ich dachte: Wie nett, daß wir die Nacht hatten durchschlafen können! Wir öffneten und ließen die erwarteten Besucher ein. Die Wartezeit war vorüber. Ich seufzte vor Erleichterung. Zum fünften Mal marschierten wir zum Rhythmus der Soldatenstiefel, die sich an unsere Fersen hefteten, ins Lager. Diesmal kamen wir nicht wieder frei.

Es war kein Schock für uns, wieder in Westerbork zu sein, da wir das Lager ja bereits kannten, aber die Aussicht auf einen ständigen Lageraufenthalt bedrückte uns doch.

Während unserer letzten in Freiheit verbrachten Tage hatten wir noch Lebensmittelpäckchen an unsere Freunde geschickt. Als wir uns nun in Westerbork wiederfanden, genossen wir von unserem eigenen Kuchen. Einige Tage nach unserer Ankunft überreichte uns ein Bekannter einen Laib Brot, den wir ihm vorher noch geschickt hatten.

Mutter und ich teilten uns eine Schlafkoje, in der wir uns mit einer mitgebrachten luxuriösen Daunen-Steppdecke zudeckten.

Ich ging auch zum Krankenhaus, um den Arzt zu begrüßen, der während meines ersten Aufenthalts so nett zu mir gewesen war. Er erinnerte sich, daß ich gerne mit Kindern arbeitete, und bot mir an, mich in eine Baracke zu nehmen, die in eine Entbindungsstation umgewandelt worden war.

Weil Marga nicht mehr bei uns war, meinte ich, es sei meine Pflicht, auf Mutter zu achten. Sie fühlte sich schlecht, außerdem nahm ihre Sehkraft ab. Zögernd lehnte ich das Angebot des Arztes ab.

„Denken Sie darüber nach. Sie können sich immer noch dafür entscheiden", sagte er.

Ich schlug mir die Sache aus dem Sinn und ging zurück zur Baracke, wo Vater eine bestürzende Nachricht für mich hatte. Er und Mutter sollten nach Vught kommen.

Zuvor hatten sie gewollt, daß ich untertauchen sollte. Da ich so klein war und wie eine Arierin aussah, wäre es nicht schwer gewesen. Doch ich wollte bei meiner Familie bleiben. Jetzt aber hinderte mich ein bedrückend unbehagliches Gefühl daran, ihnen freiwillig nach Vught zu folgen. Sie waren der gleichen Meinung.

So sah ich zu, wie sie mit ein paar Habseligkeiten auf einen Lastwagen kletterten. Mir war klar, daß es vielleicht das letzte Mal war, daß wir uns sahen.

Vater hatte mir beim Abschied gesagt, sie würden versuchen, mit dem nächsten Transport, der von Vught zurückging, zu mir zurückzukehren. Es war kindlich, aber ich glaubte ihm. Ich hätte wissen müssen, daß sie das bloß versuchen konnten. Aber nur sehr wenige hatten dabei Erfolg. Ich betete um die baldige Rückkehr meiner Eltern. Meine jüdischen Mitgefangenen trösteten mich. Durch meine Verbindung zur zionistischen Jugendgruppe erlebte ich treuen Beistand, während die Bedrängnisse zunahmen.

Wenn man verfolgt wird, entwickelt sich wie von selbst eine große Liebe zu den Mitbedrängten. Ich glaube, Gott benutzte die ständigen Verfolgungen seit Abrahams Zeiten, um das jüdische Volk zusammenzuschweißen.

An Jom Kippur, dem Versöhnungstag, kam mir ein seltsamer Gedanke. Ich hatte das Gefühl, daß meine Eltern an Chanuka (dem Lichterfest) zurück sein würden. Bis dahin waren es noch drei Monate.

Kaum hatte sich der Staub gelegt, den der Lastwagen aufgewirbelt hatte, mit dem meine Eltern abgefahren waren, nahm ich das Angebot des Arztes an. Nun befand ich mich, eine winzige junge Frau, ganz verloren in einem Saal voll schwangerer Frauen und schreiender Babys. Da bekam eine Frau Kinderlähmung. Damals war der Impfstoff gegen diese Krankheit noch nicht gefunden. Man tat das einzig Mögliche: Wir alle kamen sechs Wochen lang in Quarantäne. Hastig wurde um unser Gebiet ein Zaun errichtet, ein paar Schritte weiter ein zweiter. Besucher standen an diesem zweiten Zaun und riefen zu uns herüber. Aus Vught kam ein Transport an. Einer der Ankömmlinge lehnte sich an den Zaun und berichtete mir, daß es meinen Eltern gut ginge.

Die sechs Wochen, die wir in einem Gefängnis innerhalb des Gefängnisses verbrachten, vergingen nur langsam. Eines der Dinge, die wir mitgebracht hatten, war ein Spezialkamm, um das Haar nach Läusen zu untersuchen. Ich hatte ihn bei mir. Gerade, als die Quarantäne aufgehoben wurde, saß ich auf meinem Bett und spielte mit dem Kamm. „Wie weiß man, daß man eine Laus hat?" fragte ich eine Freundin. „Ich habe nie eine gehabt."

„Wenn du eine hast", lachte sie, „wirst du es schon merken!"

Im nächsten Augenblick blickte ich auf den Kamm und sah etwas darauf herumkrabbeln, ähnlich einer lebendig gewordenen Kopfschuppe, nur größer und von einer graugrünen Farbe. Ich sagte kein Wort mehr. Ich wußte Bescheid.

Der Mann, der die Läuse-Inspektion vornahm, war derselbe, der die Anhänger der Christlichen Wissenschaft, die damals bei uns wohnten, abgeführt hatte. Wenn bei jemand Läuse gefunden wurden, hatte das zur Folge, daß sein Kopf kahlgeschoren wurde. Die schlechten hygienischen Verhältnisse im Lager waren für die Verbreitung von Läusen ideal. Wir konnten nichts dagegen machen. Eine Frau tat mir einen sehr großen Gefallen und gab mir ein Spezialwaschmittel, mit dem ich mir den Kopf waschen sollte. Ich nahm das Mittel, kämmte mein Haar durch und fand drei weitere dieser häßlichen Geschöpfe. Ich war tief erschrocken. Am Abend versuchte ich, mir den Kopf in meiner Baracke zu „schrubben" und hoffte, niemand würde es bemerken und daraus folgern, ich hätte Läuse. Am nächsten Morgen nahm mich die Frau zu der Baracke, in der die Läuse-Inspektionen stattfanden.

„Sie denkt, sie hat vielleicht Läuse. Würden Sie sie untersuchen?"

Wir erwähnten nicht, daß ich solche Biester bereits gefunden hatte. Mir wäre augenblicklich der Kopf geschoren worden. Ich bestand die Untersuchung und entkam mit knapper Not der Gefahr, mit nacktem Schädel herumlaufen zu müssen. *Gam zu leṭobā*, dachte ich, was hieß: Auch dies dient zum Guten. Für die restliche Zeit im Lager hielt diese Tube Shampoo mir die Läuse vom Leib.

Es verbreiteten sich Gerüchte, daß ein Transport von Vught nach Westerbork kommen würde. Ich erwartete meine Eltern dabei. Doch dann entdeckten wir, daß der Transportzug nur kurz am Tor von Westerbork hielt. Er nahm einige unserer Leute auf, um nach Auschwitz weiterzufahren. Ich spielte mit dem Gedanken, freiwillig nach Auschwitz zu gehen. Mehrere Freunde redeten mir das aus, indem sie mich überzeugten, ich könne ja nicht sicher sein, daß meine Eltern bei dem Transport dabei gewesen wären.

Ein Bekannter brachte es fertig, meinen Namen von der Palästinaliste auf die Südamerikaliste zu übertragen, denn die unter dem Stichwort „Palästina" aufgeführten Juden waren für den Transport nach Auschwitz vorgesehen.

Am nächsten Tag erzählte mir der Arzt, daß er mich auf der Liste gestrichen habe. Es war sein Vorrecht, jeden von der Reise auszuschließen, der nicht ganz gesund war. Welche

Ironie des Schicksals, da man am Zielort ja doch vergast wurde! Tausend Menschen mußten zu diesem Zweck wöchentlich aus Holland kommen. Allein die Einhaltung der Zahl war wichtig, nicht die Menschen. Später fand ich heraus, daß ich nach Auschwitz gekommen wäre, wenn er mich nicht von der Liste gestrichen hätte. So erging es jedem, der nicht schwere Arbeit verrichten konnte oder kein kniffliges Handwerk beherrschte, wie zum Beispiel Mäntel mit Pelzfutter zu versehen oder Philips-Radios zusammenzubauen. Die Firma Philips tat viel für die Juden, indem sie so viele wie möglich beschäftigte und auf diese Weise half, ihr tragisches Ende zu verhindern oder zumindest zu verzögern.

Im Dezember wurde in unserer Baracke ein Baby eingeliefert: Charltje — der kleine Karl — ein unbeschnittenes Zehnmonatskind, das in einem Versteck aufgestöbert worden war. Ehe es nach Westerbork kam, hatte es eine Woche im Gefängnis zugebracht, wo andere für ihn gesorgt haben mußten. Irgendwie waren die Deutschen zu dem Schluß gekommen, daß es sich um ein jüdisches Kind handelte.

Ich wurde seine Ersatzmutter, die nun mit Füttern, Baden und Windelnwechseln beschäftigt war und ihn zärtlich liebkoste. Es war einfach unmöglich, für diesen Kleinen zu sorgen und sich nicht hoffnungslos in ihn zu verlieben!

Als das Chanuka-Fest sich näherte, wurden Traum und Wunsch, Vater und Mutter wiederzusehen, stärker als zuvor, obwohl alle meine Freunde daran zweifelten. Die Lagerinsassen versuchten alles nur mögliche, um einen Aufschub zu erreichen, ehe sie von Westerbork in die Vernichtungslager geschickt wurden. Eine Möglichkeit, dies zu erreichen, bestand darin, sich ein Visum für Palästina zu beschaffen. Wir besaßen es. Ein anderer Weg war, sich durch die Botschaften in Schweden oder in der Schweiz einen Paß von Ekuador oder Paraguay besorgen zu lassen.

Eriks Onkel, der das Fahrradgeschäft besaß, hatte einen Angestellten, dessen Schwiegersohn in Schweden lebte. Er verschaffte der Tochter und dem Schwiegersohn die schwedische Staatsangehörigkeit, während sie sich vor der Gestapo verbargen. Nun hatten sie eine schwierige Entscheidung zu treffen: Sie konnten die Chance ergreifen, ihr Versteck verlassen und darauf hoffen, daß sie nach Schweden ausreisen durften, oder aber sie waren auf Gedeih und Verderb der Gestapo ausgeliefert. Sie wagten es! Sie verließen das Zimmer, in dem sie sich versteckt gehalten hatten, und traten den Deutschen gegenüber – die sie anstandslos nach Schweden fahren ließen. Als sie dort eintrafen, suchten sie Eriks Vetter auf, der ihnen erklärte, daß die südamerikanischen Pässe, die unsere Familie besaß, zwar von den Botschaften ausgegeben waren, aber nicht in den betreffenden Ländern anerkannt würden. Es waren Fälschungen. Ich glaube, diese Freunde und Verwandten in Schweden sorgten dafür, daß unsere Pässe später für die Dauer des Krieges als legal anerkannt wurden.

Eine Deutsche, die eine Liste von Juden zusammengestellt hatte, die im Besitz solcher Pässe waren, kam nach Westerbork, um sich ihrer anzunehmen. Sie erreichte, daß Leute mit Einreisevisum nach Palästina oder Südamerika in ein besonders Konzentrationslager kamen: nach Bergen-Belsen.

Es war nun an mir, diese Dame davon zu überzeugen, daß meine Eltern von Vught nach Westerbork zurückkehren mußten, weil die ganze Familie auf einem Paß zusammengefaßt war. Wochenlang trug ich diesen Gedanken in mir herum. Er versetzte mich immer mehr in Panik, je näher der Tag kam, an dem ich die Dame aufsuchen mußte.

Sie sollte an einem Montag kommen. Sie kam nicht, versprach aber, am Donnerstag einzutreffen. Sie erschien nicht. Am nächsten Montag? Sie kam nicht. Am Donnerstag. Auch diesmal nicht. Das ging so weiter, während meine Nöte immer größer wurden.

An einem Freitagmorgen wurde eine Frau aus meiner Baracke hinausgerufen, um die deutsche Dame zu sprechen. Sie war also endlich angekommen! Meine erste Reaktion war ziemlich normal: Ich rannte ins Bad.

Nun war ich dran. Als ich mich zögernd ihrer Tür näherte, ermutigte eine Freundin mich: „Das Nein ist dir sowieso sicher! So kann auch sie nicht mehr als nein sagen, aber vielleicht sagt sie ‚Ja'!"

Als ich eintrat, stieß ich wie aus der Maschinenpistole geschossen hervor, daß meine Eltern in Vught und ich in Westerbork wären und daß wir alle auf demselben Paß aufgeführt seien. Ob sie nichts tun könne, damit wir wieder zusammen kämen.

„So, so! Geben Sie mir die Namen und Geburtsdaten an!"

Ich schnarrte sie herunter. Dann erwähnte ich in der Eile noch, daß Marga und Erik denselben Paß hätten. Weitere Namen und Geburtsdaten! Glücklicherweise erinnerte ich mich an Erik und Marga.

Während ich das Büro verließ, fragte ich beiläufig, welche Chancen meine Eltern hatten, nach Westerbork zurückzukehren.

„Es sieht ganz gut aus", erwiderte sie, „aber wir sind sehr beschäftigt."

Dies geschah am 17. Dezember 1943, am Freitag vor dem Chanuka-Fest, das am darauffolgenden Dienstag begann. Ich dachte, wenn die Makkabäer mit einem Ölvorrat für einen Tag acht Tage lang auskamen, dann könnte Gott auch meine Familie zu mir zurückbringen.

Glücklich besuchte ich Freunde und erzählte ihnen, daß ich mit dieser Frau gesprochen hätte und nun alles gut werden würde. Sie versuchten meine erregte Erwartung herunterzuschrauben, indem sie mich an unsere Situation erinnerten.

Am Montag erhielt ich von meinen Eltern Nachricht, daß sie von Vught nach Westerbork verlegt werden würden. Doch schrieben sie darüber wie von einer fernen und unbestimmten Zukunft. Im Büro sagte man mir, daß sie beim nächsten Transport dabei sein würden, doch vorläufig sei keiner geplant. Wie konnte das sein? Morgen war doch Chanuka! Ich verlängerte die Frist innerlich um eine Woche. Schließlich dauerte das Fest acht Tage.

Ich überprüfte meinen Lebensmittelvorrat. Acht Eier hatte ich bereits gehortet. Seit Wochen legte ich das frische Ei nach unten in meinem Versteck und aß das oberste. Ich konnte nur acht aufheben, ohne daß sie mir verdarben. Die anderen dachten, ich sei verrückt, aber ich erwartete ja eine Familienzusammenführung!

An diesem Nachmittag fragte ich einen Mann nach dem geplanten Transport. Seine Augen blitzten, er zwinkerte und meinte, es würde sehr bald sein. Ich wußte nicht, ob er das im Ernst meinte oder ob er mich nur ermutigen wollte.

Am Montagabend bat ich den Arzt, meine Mutter ins Krankenhaus aufzunehmen, wenn sie käme. Er sagte, er könne es nicht zusagen, bevor sie da sei. Wenn sie wirklich käme und tatsächlich krank sei, würde er sein Bestes tun. Er kam vom Thema ab und warnte mich, nicht zu optimistisch zu sein. Seine Worte vermochten meinen Glauben nicht zu erschüttern. Ehe ich mich noch von diesem unnötigen Rat freimachen konnte, unterbrach ein Bote unsere Unterhaltung, um mich sofort in eine andere Baracke zu holen.

Vater, Mutter, Marga und Erik waren gerade angekommen!

Dies muß in der Geschichte der Nazi-Konzentrationslager einzigartig gewesen sein: Meine Familie wurde als einzige von Vught nach Westerbork gebracht! Die Deutschen gaben uns für diese Aktion keine Begründung. Für mich war es einfach eine Gebetserhörung.

Vater und Erik hatten — wie alle Männer in Vught — kahl geschorene Köpfe. Bei der ersten Gelegenheit brachen wir mein kleines Hamsterlager an und verschlangen an einem Tag alles, was ich in Wochen angesammelt hatte. Meine Lieben stopften sich diese unerwartete Sonderration in den Mund wie Kinder auf einer Geburtstagsgesellschaft.

Dazwischen warfen die stolzen „Großeltern" zärtliche Blicke auf den kleinen Charltje, zu dem sie sehr schnell eine tiefe Zuneigung gefaßt hatten. Ich versuchte verzweifelt, ihn zu adoptieren, doch das war nicht möglich. Er war etwa einen Monat bei mir, und ich hatte ihn fest ins Herz geschlossen, da wurde an einem Dienstagmorgen um drei Uhr sein Name aufgerufen. Charltje, der gerade lernte sich aufzustellen, schmiegte sich an mich. Eine Freundin gab mir einen Korb, und ich ging verzweifelt von Bett zu Bett, und bettelte um Windeln und anderes, was ich ihm mitgeben könnte. Meine geringe Hoffnung, daß er am Leben bleiben würde, war augenblicklich zerschlagen, als ein stämmiger Wächter kam, ihn mir entriß, ihn an den Füßen packte und so auf den Wagen beförderte. Charltje kam sofort nach Auschwitz und aller Wahrscheinlichkeit nach sogleich in die Gaskammer. Ein Elfmonatskind konnte nicht für den Führer arbeiten.

Solange ich in Westerbork war, brach ich jedesmal in Tränen aus, wenn ich an seiner Schlafstelle vorüberkam. Er war mir wie ein eigenes Kind gewesen.

Am 16. Februar 1944 hatten meine Eltern ihre Silberne Hochzeit. Vor Jahren hatte meine Mutter gesagt, sie wollte an diesem Tag nicht zu Hause sein, sondern zur Feier des Tages eine Reise unternehmen. Ihr Wunsch wurde erfüllt. Man verfrachtete uns in einen Zug nach Bergen-Belsen.

Um den Tag ein wenig zu „feiern“, hatten wir aus verschiedenen Nahrungsmitteln kleine Leckerbissen zubereitet. Wir saßen im letzten Abteil eines typisch europäischen Zuges und vertrieben uns die Stunden mit Essen und Lachen. Ich erklärte, ich glaube fest, daß wir alle heil durch den Krieg kommen würden. Ich wollte mich nicht durch gute oder schlechte Nachrichten aus dem Gleichgewicht bringen lassen.

Als wir in Bergen-Belsen ankamen, hörten wir auf zu lachen. Wir waren die ganze Nacht durchgefahren und hielten am nächsten Morgen außerhalb des Hauptlagers. Als der Zug mit quietschenden Bremsen zum Stehen kam, wurden wir von einem Komitee willkommen geheißen, das sich aus schimpfenden Wächtern und knurrenden Schäferhunden zusammensetzte. Menschen und Tiere ähnelten sich sehr.

„Steigt aus, ihr Jordanplanscher!“ schrien sie. Jordanplanscher? Dies war eine neue Bezeichnung für uns. Sie kam uns sehr komisch vor. Was meinten sie damit?

Sie hätten nicht härter oder grausamer sein können. Wir stellten uns auf. In einem großen Karton trugen wir unsere übrig gebliebenen Lebensmittel und unsere Kleider samt den Läusen. Wir mußten mehrere Kilometer zum Lager marschieren. Auf dem Weg beobachteten uns die Leute, wie wir da entlangtrampelten, und verhöhnten uns: „Ha, da kommen noch mehr Juden!“

Mühsam erreichten wir unseren Bestimmungsort und standen still. Den ganzen Tag lang mußten wir so stehen. Die Kälte machte unsere Glieder taub. Wir wechselten uns dabei ab, Mutter zu stützen, die sich kaum noch auf den Füßen halten konnte.

Schließlich wurde uns eine Baracke zugewiesen, und die Jagd ging los. Jeder kämpfte um eine gute Schlafkoje. Meine kurzen Beine ließen mich ein paar Schritte hinter den anderen zurückbleiben, und doch schaffte ich es, einen guten Schlafplatz zu bekommen. Die Schlafkoje war unser Heim, in der wir unseren ganzen Besitz aufbewahrten.

Am nächsten Tag fing Mutter an, Blut zu spucken. Sie wurde ins Lagerkrankenhaus gebracht. Besuche waren nicht erlaubt. So hatten wir keine Verbindung mehr mit ihr. Wir fanden aber jemand, dem wir vertrauen konnten und dem wir Seife für sie über den Zaun reichten.

Die Art, wie man im Lager überlebte, wurde uns sehr schnell klar, als ein Mann, den wir kannten, sich für ein Paar Schuhe etwas Nahrung einhandelte. Damit gab er uns ein Beispiel. Solange wir noch einen Fetzen Kleidung hatten, den wir nicht brauchten, tauschten wir ihn für Lebensmittel ein, meistens bei griechischen Juden in einer anderen Baracke. Aus irgendeinem Grund hatten die griechischen Juden größere Vorrechte. Ein Grieche hatte auch die Aufsicht über das Lager — soweit es sich um unsere Leute handelte. Obwohl er unter dem Kommando der Deutschen stand, hatte er eine gewisse Macht und erhielt für seine Baracke bessere Verpflegung.

Zu der Zeit, als wir kamen, war Kleidung knapp, wir aber hatten keine Lebensmittel. So tauschten wir.

Der 28. Februar war mein vierundzwanzigster Geburtstag. Vater und Marga drängten mich, den Lagerältesten um die Erlaubnis zu bitten, meine Mutter besuchen zu dürfen, da es doch ein besonderer Tag war. Ich weiß nicht, warum sie darauf bestanden, denn ich glaubte, daß er sich einen Dreck darum scherte, daß ich Geburtstag hatte. So war es auch.

Die Leute gingen im Lager umher und strengten ihre Augen an, um die Lebensbedingungen in anderen Teilen des großen Komplexes zu erspähen und sich zu merken, wo sie nicht hin wollten. Aus den wenigen Kontakten, die wir zum Hauptlager hatten, wußten wir, daß es kein Vergnügen war, dort zu sein.

Wir litten in diesem Lager hauptsächlich unter den täglichen Quälereien, nicht unter den sadistischen Maßnahmen, die gewöhnlich in Publikationen über die Konzentrationslager veröffentlicht werden, so zum Beispiel darüber, daß wir um Mitternacht duschen mußten, während wir vor Kälte zitterten.

Oft wurden wir plötzlich zu einem Appell zusammengerufen. Keiner wußte dann, was als nächstes geschehen würde. Einblicke, die wir in benachbarte Lagerbezirke getan hatten, alte Gerüchte und neue Drohungen — all das kam zusammen und vermehrte die quälende Ungewißheit.

Nach einigen Wochen wurden wir in eine Abteilung des Hauptlagers verlegt, einen von vierzig verschiedenen Bezirken in Bergen-Belsen. Neben uns wohnten auf einer Seite ungarische Juden, auf der anderen befand sich einer der schlimmsten Bezirke des Lagers. Dort war auch Anne Frank gewesen, deren Tagebuch nach dem Krieg bekannt und berühmt wurde.

Wir handelten gegen die Bestimmungen, wenn wir mit

den Menschen in diesem angrenzenden Bezirk Verkehr hatten. Sie waren nicht in Baracken untergebracht, sondern wohnten sogar in den eisigen Wintermonaten nur in Zelten. Wir beobachteten, wie sie herumgingen und ihre ausgezehrten Körper dabei nur in Wolldecken gehüllt hatten. Manche hatten nicht einmal Wolldecken.

Rabbis führten die Aufsicht über die Baracken. Manche von ihnen wurden Opfer der dünnen „Höhenluft", die Höhergestellte umgibt. Gemeinsam mit anderen Ältesten verrieten viele ihre eigenen Leute.

Dünne Wassersuppe in großen Fässern bildete unsere tägliche Nahrung. Vielleicht schwamm eine weiße Rübe obenauf. Vielleicht! Oder ein kleines Stück Pferdefleisch oder Kartoffeln lagen auf dem Grund. Dies mußte jedesmal gefeiert werden, denn es kam selten vor.

Die Barackenältesten lernten schnell, wie sie für sich selbst das Beste behielten. Wenn sie die Suppe austeilten, glitten die festen Einlagen schnell von der Kelle wieder in den Topf zurück. Nachdem wir die wässerige Suppe bekommen hatten, bedienten sie sich mit dem dicken Satz, der auf dem Boden zurückgeblieben war. Die Regel schrieb vor: Wenn etwas übrigbleibt, muß eine zweite Portion ausgegeben werden — beginnend nach dem Alphabet. Doch nachdem die Ältesten zwei oder drei Portionen gegessen hatten, blieb gewöhnlich nichts übrig.

Zusätzlich zu dem Liter Suppe erhielten wir ein vier Zentimeter dickes Stück Brot. Nur selten bekamen wir ein Stückchen Margarine (in der Größe, wie sie in Restaurants ausgegeben wird) oder ein Käsedreieck, das bereits am Verderben war.

An manchen Tagen erhielten wir überhaupt nichts. Manchmal wurde uns auch nur eine Tasse Wasser ausgehändigt, auf dem getrocknete Petersilie schwamm.

Während des ersten Monats in Bergen-Belsen bestand Vaters Arbeit darin, einen Haufen alter Schuhe auseinanderzutrennen. Er mußte sie an den Nähten aufschneiden und durfte dabei nicht ins Leder schneiden. Das war schwierig. Wenn es ihm nicht gelang, schlug ihm ein Aufseher ins Gesicht. Vater war vierundfünfzig Jahre alt. Fünfundfünfzig bis sechzig mußte man sein, um in der Baracke für ältere Leute untergebracht zu werden. Das war ein Vorzug, den man in Bergen-Belsen hatte. Es gab eine Baracke für alte Leute und eine für Kranke. In Auschwitz wanderten die Alten und die Kranken in die Gaskammern.

Ein Arzt sorgte dafür, daß Vater in die Baracke für alte Leute kam. An jedem Tag, wenn ich ihn besuchte, richtete er sich auf und fragte: „Kommt das Essen schon? Ist die Suppe heute dick oder dünn?"

Sobald die Suppenkübel die Küche verlassen hatten, liefen auch schon Gerüchte um, ob sie dick oder dünn war. Dies war von äußerster Wichtigkeit und hielt oft alle Gedanken gefangen. Das Essen beherrschte unser Leben und unsere Gedanken so sehr, weil es buchstäblich Überleben bedeutete, den kleinen Schritt, der unsere Schlafkoje vom Grab trennte. Einige Frauen begannen mit dem seltsamen Brauch, Kochrezepte auszutauschen. Ich brachte es nicht fertig dabeizustehen, wenn die Frauen sich aufschrieben, was für wunderbare Gerichte man aus eingebildeten Zutaten herstellen konnte, die in einer Traumküche gemischt und in einer wirbelnden Phantasiewelt aufgegessen wurden. Die Rezepte stimmten, aber sie stammten aus der Vergangenheit! Den älteren Frauen half es, ihr Verlangen nach Nahrung zu unterdrücken. Mir brachte es überhaupt keine Erleichterung.

Frauen mit Kindern unter drei Jahren erhielten Milch. Die meisten tauschten sich dafür andere Lebensmittel ein und gaben dem Kind die Milch nicht. Ich zog daraus meinen Vorteil und tauschte für eine Tasse Suppe eine halbe Tasse Milch ein. An einem Tag brachte ich Vater die Milch, am folgenden war Mutter dran. Ich aß kaum etwas.

Mein vier Zentimeter dickes Stück Brot teilte ich in drei Teile. Ein Drittel bekam Erik, der bei seiner Arbeit als Garagenmechaniker viel Energie brauchte, ein Drittel brachte ich

Vater, und ein Drittel aß ich selbst. Ich schnitt die Kruste ab, hob sie auf und begann dann mein Lieblingsspiel: wie viele Scheiben konnte ich von dem für mich verbleibenden Rest schneiden? Je mehr Scheiben ich erhielt, desto größer war meine Befriedigung. Gewöhnlich waren es sechs Scheiben, die ich abends aß. Am nächsten Morgen kaute ich dann langsam die Kruste, die ich abgeschnitten hatte.

Gelegentlich fragte Marga, ob ich ihr eine Viertelration oder vielleicht eine Drittelration borgen könne. Alles hatte seinen festgelegten Wert. Ein Stückchen Margarine kostete eine Viertelbrotration, Käse ein Drittel der Brotration. Ich gab Marga immer das Verlangte, wobei ich mir klar war, daß sie niemals imstande sein würde, es mir zurückzugeben.

Erik und Marga waren die einzigen in unserer Familie, die arbeiteten: Erik in der Garage und Marga beim Aussortieren von Kleidern, die den Häftlingen in Auschwitz abgenommen worden waren. Ich fand das erst kürzlich heraus, denn damals behauptete Marga, sie stopfe Socken für die Aufseher, was sie teilweise auch tat. Marga ertrug es nicht, uns von dem Aussortieren der Kleider zu erzählen. Es waren Kleidungsstücke, die von den Vergasten stammten. Manche Sachen erkannte sie wieder, weil sie von guten Freunden stammten.

Gelegentlich gab der deutsche Aufseher, unter dem Erik oder Marga arbeiteten, einen kurzen Auftrag und schickte sie damit zur Küche. Das war ein ungeheures Vorrecht, denn die Köche waren sehr nett und erlaubten jedem Boten, so viel Brot, Margarine und Marmelade zu essen, wie sie nur wollten. Doch wenn man halb verhungert ist, gibt es bald eine Grenze bei dem, was man in den Magen hineinwürgen kann. Die beiden aßen dann so viel wie möglich und verschenkten ihre Ration an meine Eltern.

Die fünf Glieder unserer Familie teilten alles miteinander in Liebe und Harmonie. Das ging ganz ohne Worte vor sich. Erik gab uns von seinen eingelegten Gurken ab, die er irgendwo ergattert hatte. Mutter wiederum steckte Erik ein

Stück Brot durchs Fenster zu, wenn er auf dem Weg zur Arbeit vorbeikam.

Andere Familien dagegen befanden sich im Krieg miteinander: Mann und Frau, Eltern und Kinder. Sie stritten sich um ein einziges Stück Brot oder um ein Stückchen Käse. Es war ein ständiges Zanken.

Das tägliche Ritual der Brotausgabe verlangte äußerste Aufmerksamkeit. Einige Brote waren in der Mitte krümelig. Krümeliges Brot aber war nicht sehr ergiebig. Die Frau, die das Brot austeilte, mochte mich. Sie winkte mir, aus der Schlange zu treten, wenn sie einen schlechten Laib erwischte. Diesen gab sie dann gewöhnlich einer Familie, die sie nicht mochte. Normalerweise hätte ich in dem Bestreben, gerecht zu sein, darauf bestanden, daß ich „dran" war. Aber da auch Eriks und Margas Rationen davon abhingen, nahm ich diese Vergünstigung an.

Nach dem Krieg wollte eine der Brotverteilerinnen, eine jüdische Frau, daß ich mich für sie verbürgte und aussagte, wie gut sie mich behandelt hätte. Ich konnte das nicht. Wenn sie mir gegenüber auch freundlich gewesen war, so löschte das die Tatsache nicht aus, daß sie sich anderen gegenüber ganz entsetzlich schlecht benommen hatte.

Das Haupttor zu unserem Bezirk blieb offen, da viele von uns in anderen Bezirken von Bergen-Belsen arbeiteten. Ein Jugendlicher erspähte einmal einen Haufen verfaulender weißer Rüben draußen vor dem Tor und lief hinaus, um sich einige zu holen. Zur Strafe bekam das ganze Lager am nächsten Tag kein Essen.

Hin und wieder gaben die Deutschen das Brot für eine ganze Woche aus. Das ist eine böse Sache, wenn man halb verhungert ist. Man hat die Wochenration in ein oder zwei Tagen verbraucht. Ich glaube, daß dies beabsichtigt war, denn nur wenige waren imstande, entsprechend einzuteilen.

Wir hatten jeder eine Schlafpritsche gehabt. Es kam der Tag, an dem eine neue Ordnung eingeführt wurde: Zwei mußten sich eine Pritsche teilen — einschließlich der Läuse.

Die Kojen waren zwei Fuß breit mit Holzbrettern an den Seiten. Früher waren zwei Pritschen übereinander gewesen, jetzt wurden es drei, und sie waren nur noch durch einen sehr engen Gang voneinander getrennt. In einem solchen Aufbau konnten sich zwölf Personen gegenseitig den Rücken kratzen.

Lebensmittel und Kleidung mußten in diesem halben Bett unter der Matratze oder in einem winzigen Kasten am Fußende aufbewahrt werden. Die Läuse krabbelten fast mit unseren Sachen davon. Überall kletterten sie hinauf und herunter. Ich gebe es nicht gerne zu, aber: ich wusch mich kaum noch. Der Waschraum, der zwischen zwei Baracken lag, wurde von Männern und Frauen gemeinsam benutzt. Das Verlangen nach Sauberkeit triumphierte über das Schamgefühl, denn Männer und Frauen zogen sich nackt aus und wuschen sich in Gegenwart der anderen. Ich indessen wusch mich aus einem anderen Grunde nicht: mir war es zu kalt. Die Sommer im Lager sind meinem Gedächtnis völlig entschwunden. Sie sind ganz verdrängt vom Winterwetter, das mich ständig vor Kälte zittern ließ. Mutter hatte mir Pulswärmer gestrickt, die fast die Finger bedeckten. So wusch ich nur meine Fingerspitzen und mein Gesicht.

Duschbäder gab es nicht oft. Ich haßte sie auch. Nachher fühlte ich mich noch schmutziger als vorher. Alle Bewohner der Baracke, vielleicht vierhundert Menschen, wurden in einen kleinen Vorraum getrieben, wo uns ein grinsender Aufseher anstarrte, während wir uns auszogen. Unsere Sachen wurden auf einen Bügel gehängt, ehe wir einen Entlausungsprozeß durchmachten. Ausgemergelte nackte Frauen — krank, mit Hautausschlägen bedeckt, vor Schwäche oder Kälte zitternd — wurden in die Duschräume gestoßen. Auf jede Dusche kamen vier Frauen, die sich eng aneinanderdrängten und miteinander kämpften, um ein wenig von dem bleistiftdünnen Wasserstrahl abzubekommen.

Etwa einmal im Monat wurden wir dieser Prozedur unterworfen. Wenn ich so etwas ahnte, schlüpfte ich in Mutters

Baracke und versteckte mich ein paar Stunden unter ihrer Bettdecke. Um dieser Gnadenfrist willen nahm ich die drohende Gefahr, ertappt zu werden, auf mich, denn ich konnte das einfach nicht jedesmal durchstehen.

Marga hatte von Lagern gehört, die schlimmer waren als unseres: Es gab Geschichten darüber, was sich dort bei den „Duschbädern" zutrug. Wenn sie uns mitten in der Nacht weckten, weil wir früh am Morgen duschen sollten, wollte Marga mich nicht gehen lassen.

Jede Person über sechzehn Jahre mußte arbeiten. Wenn sie diejenigen unter sechzehn Jahren jeden Morgen entließen, reihte ich mich ein und marschierte mit ihnen zurück zur Baracke. Unser griechischer Ältester hatte dazu seine Erlaubnis gegeben. Einmal rannte ein Aufseher hinter mir her und befahl mir, stehenzubleiben. Er fragte, wie alt ich wäre. Ich mußte eine schnelle Entscheidung treffen. Sollte ich sagen, ich sei noch keine sechzehn? Ich blieb bei der Wahrheit. Er erwiderte nichts, als ich bekannte, ich sei vierundzwanzig. Der Deutsche hatte wohl nur feststellen wollen, ob ich lügen würde.

Die Größe des Lagers in Bergen-Belsen schloß jede Möglichkeit einer Flucht aus. Wir waren in einem von vielen Lagerbezirken eingeschlossen. Um zu dem eigentlichen Lagerausgang zu gelangen, hätte man kilometerweit gehen müssen, an Stacheldraht, Wächtern und hellen Scheinwerfern vorbei, die die ganze Nacht eingeschaltet waren. Ein Fluchtversuch war gleichbedeutend mit Selbstmord.

Nach dem morgendlichen Appell gingen die Erwachsenen an ihre Arbeit, und die Kinder wanderten zur Baracke zurück, um gezählt zu werden. Immer wieder wurde gezählt. Das Ergebnis stimmte nie. Vielleicht war einer nicht rechtzeitig von der Toilette zurückgekehrt oder ein anderer lag krank in seiner Koje. Vielleicht vergaßen sie auch die letzten Todesfälle zu berücksichtigen.

Der Älteste versuchte, die Zahl zu erreichen, die die Aufseher zu sehen wünschten. Manchmal, wenn er gerade zu der richtigen Zahl gelangt war, kreuzte noch ein Kind auf, und er flüsterte heiser: „Geh weg! Es stimmt gerade. Bring nicht wieder alles durcheinander!“ Dies dauerte wenigstens ein oder zwei Stunden. Dann bemerkte ein Aufseher vielleicht, daß ein Dreijähriges sich hingehockt hatte — von diesem Alter an hatte man zu stehen! —, und ließ uns zur Strafe weitere zwei Stunden stehen. Es gab Tage, da standen wir in heftigem Regen oder bei Schneetreiben vom frühen Morgen bis zum Abend — solange, bis die Erwachsenen nach harter Tagesarbeit heimkehrten und sich widerwillig einreihten.

Wenn wir das Glück hatten, nur ein oder zwei Stunden festgehalten zu werden, stellte ich mich an, um drei Portionen Suppe zu erhalten — für mich, Marga und Erik. Wenn sie dann in ihrer kurzen Pause kamen, konnten sie sich setzen und brauchten die Suppe nicht hinunterzuschlingen.

Meine Schwester und mein Schwager aßen im Sommer gern draußen. Ich versuchte, drei niedrige, vierbeinige Hocker für sie zu bekommen, zwei zum Sitzen und einen als Tisch.

Da ich im Lager blieb, konnte ich für meine Familie auch die Wäsche waschen, was meinen Lieben viel Zeit sparte, mir aber eine harte Arbeit bedeutete.

Marga wachte ständig über unserer „Kultur“, indem sie versuchte, alles so nett wie möglich zu machen. Sie fertigte sogar ein kleines Tischtuch an. Während der ganzen Zeit, die wir in Bergen-Belsen zubrachten, pflegte sie zu sagen: „Der Krieg wird in zwei Monaten zu Ende sein.“ Infolge ihres Optimismus genoß sie einen besonderen Ruf im ganzen Lager. Sobald sie Vater nach einem Besuch verließ, fragten die anderen Männer, was sie gesagt habe. Als wenn sie mehr wüßte!

Bücher waren eine Rarität. Ein Buch wurde weiter geliehen, bis es alle gelesen hatten, ehe es dann für praktische Zwecke in der Toilette herhalten mußte. Das gehörte zu den Realitäten des Lebens. Das einzige Buch, das ich las, war Charles Dickens „Weihnachtsgeschichte“. Seltsam, daß ausgerechnet ein solches Buch in Bergen-Belsen herumschwirrte!

Im August 1944 ging ein großer Transport nach Palästina ab. Das war eine Geste der Deutschen, um vor der übrigen Welt einigermaßen das Gesicht zu wahren. Etwa zweihundert Personen durften das Lager verlassen. Zu ihnen gehörte auch eine Schulfreundin meiner Mutter.

Später erhielten wir Päckchen durch das Rote Kreuz von amerikanischen Verwandten. Wir baten um Hautcreme und Fette. Wir erhielten ein Päckchen mit einem Krug. Was darin war, ähnelte weder Hautcreme noch Fett. Wir konnten wirklich nicht sagen, was es war. Es gab nur einen Weg, es herauszufinden. Wir tauchten einen Finger in die Masse und kosteten behutsam davon. Noch immer wußten wir nicht Bescheid, ob es sich nun um Hautcreme oder Fett handelte. Wir entschieden uns für Fett und strichen es aufs Brot. Was es wirklich war, haben wir nie herausgefunden.

„Wenn für mich ein Päckchen kommt", pflegte Marga zu sagen, „wartet nicht auf mich, bis ich von der Arbeit zurückkomme, sondern teilt es gleich in fünf Teile auf." In unserer Familie wurde alles ohne Hintergedanken geteilt.

Im Dezember 1944 kamen Päckchen vom Roten Kreuz mit Trockenmilch und Würfelzucker. Was für ein Fest! Da ich sehr genügsam war, versteckte ich ein bißchen Zucker in einer winzigen Büchse auf meiner Pritsche.

Eines Nachts, als der Hunger mich unbarmherzig quälte, griff ich danach, um an einem Stück Zucker zu lutschen. Plötzlich bewegte sich eine Hand durch die Dunkelheit auf mich zu und packte mich am Handgelenk. Eine Stimme fragte: „Wer ist das?" Es war Marga, die meinen Vorrat vor einem möglichen Dieb beschützen wollte. Ich teilte die Koje mit meiner Schwester. Jeder von uns schlief auf einer Seite. Wir lagen so eng, daß wir uns berührten. Mein Kopf lag an ihren Füßen und meine Füße an ihrem Kopf. Welch ein Segen, daß ich die Koje mit Marga teilen konnte! Die meisten mußten mit Fremden zusammenschlafen. Es war nicht zu vermeiden, den anderen nachts zu stoßen oder zu treten, und das fügte uns bei unserem elenden Leben zusätzliches Leid zu.

Mutter hatte es in dieser Zeit sehr schwer, denn selbst die Kranken mußten sich zu zweit eine enge Pritsche teilen.

Weihnachten 1944! Die Deutschen hatten irgendeine Schlacht gewonnen, so gaben sie uns in ihrer Großmut eine Extra-Mahlzeit. Nudeln! Die erste feste Nahrung, die wir nach einem Jahr erhielten.

Damals war ich sehr krank, und Vater kam, um mich zu besuchen. Er erblickte die Nudeln, ein richtiges Festessen, und fragte: „Bist du sicher, daß du das alles essen kannst? Bist du sicher?" Der arme Mann glaubte, er würde etwas abbekommen, aber auch ich war schrecklich hungrig. Es wäre zuviel verlangt gewesen, wenn ich auf dies unerwartete Festmahl hätte verzichten müssen.

Ich lag im obersten Bett. Alle Kraft hatte mich verlassen. So war es mir bald die Anstrengung nicht mehr wert, mühsam hinunterzuklettern, um meine Suppe in Empfang zu nehmen. Dies war ein allgemein bekanntes Zeichen für den Anfang vom Ende, wobei der Körper allmählich aufgab.

Tag um Tag, Nacht für Nacht starrte ich von meinem Lager auf die düsteren Baracken. Glücklicherweise endete Margas Arbeitsverpflichtung schon bald, und sie konnte für mich sorgen, mir die Suppe einflößen und es mir ein wenig erträglicher machen.

Als es mir wieder besser ging und ich eines Tages im Waschraum wusch, wurde ich durch einen ohrenbetäubenden Lärm und Geschrei unterbrochen. Ich spürte einen leichten Schlag gegen meinen Kopf, achtete jedoch zunächst nicht weiter darauf. Ich lief nach draußen, duckte mich aber sogleich, als ich ein Flugzeug sah, das im Tiefflug über unsere Baracke zog und schoß. Es war eine englische oder amerikanische Maschine. Die Kugeln drangen auch durch das Dach und töteten zwei Menschen. Ich rannte zu Vater und dann zu Mutter. Nachdem ich mich vergewissert hatte, daß meine Familie nichts abbekommen hatte, untersuchte ich meinen brummenden Kopf und stellte einen Riß fest, aus dem ich blutete. Es muß die letzte Kraft eines Querschlägers gewesen sein, die ich zu spüren bekam. Es war nicht weiter schlimm, aber selbst heute noch zucke ich zusammen, wenn ein Flugzeug über mir hinwegfliegt.

Die Allierten wußten nicht, daß sie ein Konzentrationslager angegriffen hatten. Sie waren auf der Suche nach einem Munitionsdepot, das irgendwo in Bergen-Belsen versteckt lag. Wir tadelten die Allierten für diesen Angriff nicht. Vielmehr waren wir alle froh, daß sie sich immer noch zeigten.

Jedesmal, wenn feindliche Maschinen sich dem Lager näherten, ertönte die Luftschutzsirene. Dies hieß auch, daß wir unsere Wäsche abnehmen mußten, denn weiße Stücke konnten von der Luft aus gesehen werden.

An einem Donnerstagabend stieß ich Marga in unserer Schlafkoje schläfrig an: „Morgen ist Freitag!" Den Freitag hielt ich für meinen Glückstag. Von einem Freitag zum anderen betete ich, daß etwas Besonderes geschehen möge und wir frei sein würden.

Am Freitagmorgen zog Marga in den Waschraum, in dem es wie auf einem Marktplatz zuging. Wir nannten ihn JPA — Jüdische Presse-Agentur —, obwohl die Nachrichten, die dort ausgetauscht wurden, mehr auf Gerüchten als auf Tatsachen beruhten, da Informationen von draußen nur spärlich einsickerten.

Marga kam zurück und berichtete, daß die Inhaber südamerikanischer Pässe aufgerufen worden seien. Ihre Entlassung aus dem Lager würde vorbereitet. Dies war schon oft geschehen, doch nie war dabei etwas herausgekommen.

„Siehst du, es ist Freitag!" triumphierte ich. „Diesmal wird es klappen." Das war am 19. Januar 1945.

Marga verschwand eine Zeitlang, dann kam sie mit weiteren Nachrichten zurück: „Mutter, Erik und ich sind aufgerufen — doch du und Vater nicht!"

„Mach dir keine Sorgen, wir werden auch noch aufgerufen!" Und so war es denn auch.

Die Aufgerufenen wurden um neun, um zehn oder um elf

Uhr zu den Besprechungen bestellt. Wir waren um zehn Uhr dran. Man stellte uns die lächerlichsten Fragen. Wieder einmal muß ich einen sehr blöden Eindruck gemacht haben, denn der deutsche Beamte fragte mich, wie ich denn nach Amerika kommen wollte, wenn sie mich entließen.

Ich war durch die Entbehrungen so geschwächt, daß ich seine Frage nicht verstand. Amerika? Laßt mich nur aus dem Lager fort!

„Mit einem Schiff", half Marga.

Unsere Verwandten in Amerika haben auf diese Entscheidung wahrscheinlich einen Einfluß gehabt. Mutters Brüder und Eriks Eltern und Schwester hatten Deutschland bereits vor dem Krieg verlassen und waren in die Vereinigten Staaten gegangen.

Am Samstag bekamen wir die endgültige Bestätigung, daß wir Bergen-Belsen verlassen könnten.

Ein Arzt mußte bestätigen, daß wir in einem guten Gesundheitszustand und deshalb reisefähig waren. Natürlich traf das auf keinen von uns zu, doch irgendwie brachte Erik es bei der Untersuchung fertig, seine Hand in Mutters Rükken zu legen und sie zu stützen, so daß sie am Arzt vorbeigehen konnte.

Der Arzt glaubte nicht, daß Vater es bis zum Zug schaffen würde. Bei der Einlieferung ins Lager wog er hundertachtzig Pfund. Als wir Bergen-Belsen verließen, war er nur noch ein Schatten seines früheren Selbst mit knapp siebzig Pfund. Doch die Kommission ließ ihn gehen.

Wir kehrten am Samstagabend in die Baracke zurück und stellten fest, daß uns die Mithäftlinge alle Wolldecken fortgenommen hatten. Wer zuerst kommt, mahlt zuerst! Sie wußten, daß wir entlassen wurden und nahmen sich, was sie nur konnten. Wir verstanden das, froren aber die ganze Nacht.

Am Sonntagmorgen fiel Mutter unter der Dusche ohnmächtig um. Sie wurde hinausgetragen und wiederbelebt. Dann erhielten wir zum zweitenmal während unseres Aufenthaltes in Bergen-Belsen „gutes“ Essen: Sauerkraut und Kartoffeln.

„Nun, da wir gutes Essen bekommen, schicken sie uns weg!“ beklagte Mutter sich. Sie wollte nicht fort und wehrte sich gegen die Entlassung, weil wir dies eine Mal anständiges Essen bekommen hatten.

Wir erklärten ihr, daß wir diese Sonderration bekommen hätten, weil wir entlassen wurden, während die anderen Lagerinsassen weiter von Suppe und Brot leben mußten. Es gelang uns nicht, sie zu überzeugen.

Gerüchte gingen um, daß Transporte wie der unsere nicht in die Freiheit, sondern in ein schlechteres Lager führen würden. So waren wir nicht hundertprozentig sicher, daß wir heil davonkamen. Mutter folgerte so: Wenn das Essen jetzt besser wurde, warum sollten wir dieses Risiko eingehen?

Während der ganzen Zeit im Lager hatten wir unser gelbes Abzeichen tragen müssen. Wehe demjenigen, bei dem es nicht fest saß oder gar — wir schauderten bei dem Gedanken — abhanden gekommen war! Die Abzeichen wurden auch auf dem Weg zum Zug geprüft.

Während wir vor den Eisenbahnwagen standen, hielt jemand eine lange Rede. Wir wurden mit der Drohung eingeschüchtert, daß der Arm des Dritten Reiches lang genug sei und uns strafen würde, falls wir etwas über die Lebensbedingungen im Lager ausplaudern sollten.

Als wir den Zug bestiegen hatten, übernahm das Rote Kreuz unsere Versorgung. Wir bekamen eine leichte Fleischbrühe mit Gemüseeinlagen — die zuträglichste Kost für halbverhungerte Menschen. Als wir herausfanden, daß man eine zweite Portion bekommen konnte, wurde es ein Festmahl.

Als unsere Gruppe in Bergen-Belsen aufbrach, waren wir hundertfünfundzwanzig Personen, und nicht ganz hundert kamen über die Grenze. Es handelte sich um einen Austausch: Tausend in Deutschland internierte Amerikaner wurden gegen tausend Deutsche ausgetauscht, die in Amerika festgehalten worden waren. Da sich nur noch neunhundert

Nordamerikaner in Deutschland befanden, kamen hundert Juden dazu, die südamerikanische Pässe besaßen.

Fast die Hälfte der viertausend Menschen in unserem Lagerbezirk hatte die gleichen Pässe. Vielleicht gehörten wir zu den ausgewählten Hundert, weil unser Freund in Schweden dafür gesorgt hatte, daß unsere Pässe legalisiert wurden. Das einzige, was ich sicher weiß, ist, daß Gott seine Hand dabei hatte.

Ich fragte mich nur, warum uns der Herr herausbrachte? Wir waren nicht einmal gute Juden, während andere, die treue orthodoxe Juden mit einer glühenden Gottesliebe waren, getötet wurden. In jenen Tagen beschäftigte mich immer wieder die Frage nach der Gerechtigkeit Gottes. Aber vielleicht war der Tod in Wirklichkeit gar keine Strafe. Vielleicht starben viele der getöteten Juden im Herzensfrieden mit Gott? Vielleicht war es wirklich ein Vorrecht, durch den physischen Tod in die Gegenwart Gottes gerufen zu werden. Wenn dies stimmte, dann mußte der Umstand, daß ich mit dem Leben davonkam, bedeuten, daß Gott mit mir noch etwas vorhatte. Er mußte einen Grund haben, mich „aufzusparen".

Der offizielle Austausch fand am 24. Januar 1945 an der Schweizer Grenze statt. Wir blieben im Zug, und die Transferpapiere wurden uns ausgehändigt. Eine Gruppe deutscher Zivilisten fuhr in umgekehrter Richtung an uns vorbei.

Unser Zug war natürlich zum größten Teil von den neunhundert Amerikanern besetzt. Sie wehrten sich dagegen, daß wir ihre Wagen betraten, weil wir schmutzig und verlaust waren. Doch einen wirklichen Schock erlitt ich, als die Schweizer den Zug stoppten und schrien: „Alle Israelis hierher!"

Damals gab es noch keinen Staat Israel, nur „Palästina". Das Wort Israelis hatte einen diskriminierenden Beigeschmack. Und so war es auch gemeint! Unsere Träume von der Ankunft in einem freien Land wurden gründlich zunichte gemacht.

Man wies uns in eine schlechtere Unterkunft ein als in

Bergen-Belsen. Männer, Frauen und Kinder — im ganzen hundert Personen — drängten sich auf Strohbündeln in einem alten Stall zusammen. Alle waren krank. Für alle gab es nur eine einzige Toilette, die nach einer Stunde überlief. Das ließ uns keine andere Wahl, als nach draußen in den Schnee zu gehen. Dies wiederum führte dazu, daß die Schweizer uns schmutzige Schimpfnamen zuriefen. Sie begriffen nicht, daß wir aus einem Konzentrationslager kamen und nicht aus einem Wintersportparadies.

Dann erhielten wir unsere erste Mahlzeit, einen großen Eimer voll Pellkartoffeln. Der Mann, der ihn brachte, setzte den Eimer ab, sah eine Sekunde weg — und als er seinen Blick wieder auf den Eimer richtete, war er leer. Im Nu waren die Kartoffeln unter dem Stroh verschwunden. Er nannte uns Schweine und ging kopfschüttelnd davon. Seine Wohlgenährtheit ließ bei ihm kein Mitleid mit verhungerten Leuten aufkommen. Für uns lag die Sache anders. Wir wußten nicht, wann wir wieder eine Mahlzeit erhalten würden. Wir hoben eine Kartoffel für den Abend auf, aber da bekamen wir wieder einen Eimer voll. Die Kartoffeln vom Mittag tauchten unter dem Stroh auf, während wir uns mit frischem Vorrat versorgten.

Nach der ersten Nacht wurden meine Eltern und ich wegen unseres Schwächezustandes in ein Krankenhaus eingewiesen. Es war provisorisch in einer Schule eingerichtet worden.

Vier oder fünf Tage vergingen. Marga besuchte uns täglich. Sie sprach uns Mut zu. Bald würden wir alle miteinander weiterreisen.

Da brach Marga selbst zusammen. Es bestand Typhus-Verdacht! Im Lager hatte niemand den Typhus überlebt, eine Krankheit, die durch Unmengen von Läusen übertagen wurde. Wir waren sicher, daß dies das Ende für Marga bedeutete. Ich glaube, daß das hohe Fieber, das sie bereits im Lager hatte, der Anfang der Erkrankung war, aber ihr starker Wille hatte sie aufrecht gehalten. Als wir uns nun in Sicherheit befanden, klappte sie zusammen.

Sie wurde ebenfalls ins Krankenhaus gebracht.

Die Schweizer zwangen niemand zur Weiterreise, der dafür zu krank war. Aber sie ließen auch nicht zu, daß die Familienglieder bei den Kranken zurückblieben. Manche, die behaupten, die Schweizer kennen keinen Antisemitismus, hätten sich in unserer Lage befinden sollen! Es stimmte wirklich nicht! Marga war gerade aus dem Konzentrationslager gekommen und wurde von heftigen Fieberschauern geschüttelt. Da sagte man ihr, sie habe allein zurückzubleiben, ohne ihre Familie, um auf den Tod zu warten. Unsere Hoffnung sank auf den Nullpunkt.

Meinen Eltern und mir war die Weiterreise möglich. Als wir den Zug bestiegen, suchten wir verzweifelt nach Erik und möglicherweise auch nach Marga. Wir wußten nicht, was vor sich gegangen war. War Marga überhaupt transportfähig? Wir warfen einen Blick in jedes Abteil, hielten Ausschau nach den vertrauten Kleidern, nach einem Schimmer ihres Haares oder nach Eriks Gesicht. Mit großer Verspätung fuhr unser Zug ab.

Kurz danach erreichten wir eine Station, auf der wir umsteigen mußten. Mutter befand sich in einem großen Schwächezustand. Ein Arzt, der uns begleitete, sagte, er würde uns in den anderen Zug hinüberhelfen. Er sprang als erster hinaus und bahnte uns den Weg zu einem Abteil im anderen Zug.

„Es tut mir leid", sagte er zu den Leuten, die bereits in dem Abteil saßen, „aber ich bringe eine Dame, die noch kränker ist als Sie. Sie müssen sich aufsetzen, damit sie sich hinlegen kann." Mutter wurde auf einer Bahre hinübergebracht.

Wir dankten dem Arzt und stürzten in das Abteil, nachdem er es verlassen hatte. Die Frau, der er gesagt hatte, sie müsse sich aufsetzen, war Marga. Erik war genauso überrascht wie wir. Er hatte sich mit den Schweizer Behörden auseinandergesetzt und erklärt, daß Marga entweder mit dem Zug mitführe oder er würde auch zurückbleiben. Nun lagen sich die „fünf Schlamms" lachend und weinend in den Armen. Sie waren wieder vereint.

Erik, Vater und ich wechselten uns mit Stehen ab, während Mutter und Marga auf den Bänken ausgestreckt lagen. Zwei von uns einigermaßen Gesunden konnten immer auf den Eckplätzen zu ihren Füßen sitzen.

Der Zug näherte sich dem Hafen von Marseille. Als er seine Geschwindigkeit verringerte, erspähte Vater die „Gripsholm", ein schwedisches Luxusschiff. Er war früher einmal mit ihr gefahren. Bei dem Gedanken an die üppigen Mahlzeiten, die an Bord eines solchen Schiffes serviert werden, leckte er sich voller Vorfreude die Lippen. Vater meinte, wir würden uns sicher bald auf der „Gripsholm" nach Amerika einschiffen. Wir träumten bereits davon, auf das Schiff zu eilen, als eine befehlsgewohnte Stimme unserem Traum ein Ende bereitete.

„Sie gehen dort hinüber!"

Der Mann deutete auf einen Kahn, der nichts mit der herrlichen Gripsholm gemein hatte. Traurig gingen wir über einen wackeligen Steg an Bord des Bootes. Mit ihm fuhren wir hinaus aufs Meer, wo ein Rote-Kreuz-Schiff auf uns wartete — ein alter italienischer Dampfer.

Gam zu l^eṭobā — wieder einmal mußte alles zum Guten dienen, denn in dem Zustand, in dem wir uns befanden, wären wir in Amerika nicht gut aufgenommen worden.

An Bord erhielt jeder ein Päckchen mit Kleidung. Meine Sachen paßten überhaupt nicht. „Machen Sie sich nichts daraus", sagte man mir. „Sobald wir am Ziel sind, bekommen Sie wieder neue Kleider." Aufgrund dieses Versprechens gab ich mein Kleiderbündel zurück, so daß es für einen anderen verwendet werden konnte.

Ein amerikanischer Armeearzt begleitete unsere Gruppe freiwillig auf dieser Seereise nach Nordafrika. Er war ein sehr befähigter Arzt, der auch menschlich reizend war. Er tat alles nur Mögliche für Margas Genesung. Bei unserer Ankunft war sie fast wiederhergestellt.

Wir wurden in Algier ausgeladen und quer durchs Land in die Nähe von Philippsville transportiert. Als wir uns dem Lager näherten, seufzte Erik vor Enttäuschung tief auf und erklärte: „Wieder Stacheldraht."

Wir erfuhren, daß diese Einzäunung allein dazu dienen sollte, die Araber von uns fernzuhalten. Es war ein UNRA-lager (United Nations Relief and Rehabilitation Administration). Es stand uns frei, zu kommen und zu gehen, wann wir wollten. Doch wenn wir das Lager verließen oder zurückkehrten, meldeten wir uns freiwillig zu unserem eigenen Schutz ab und wieder an, wenn wir zurückkehrten.

Die Wellblechbaracke, in der wir untergebracht waren, war in kleine Schlafkammern aufgegliedert. Die Zwischenwände reichten nicht bis zur Decke. Meine Eltern und ich teilten uns einen Raum. Endlich konnten auch Marga und Erik ihre so jäh unterbrochenen Flitterwochen nach einer körperlichen Trennung von fast zwei Jahren fortsetzen.

Das fette amerikanische Essen, mit dem wir verpflegt wurden, vertrugen unsere Mägen nicht mehr. So kauften wir uns viel selbst. Das Geld dafür erhielten wir, indem wir unsere zerlumpte Kleidung an Araber verkauften. Sie nahmen uns jeden Lumpen ab, wenn nur noch drei Fäden zusammenhielten!

Am ersten Abend im Lager unterhielten wir uns flüsternd bei Tisch, ob wir wohl ein zweites Stück Brot erhalten würden. Ein Mann, der das gehört hatte, kam einen Augenblick später und brachte uns weiteres Brot. Bald fanden wir heraus, daß wir soviel Brot haben konnten, wie wir nur wollten.

Ich dachte an das Versprechen, das man mir auf dem Schiff gegeben hatte. Ich ging und bat um neue Kleider. Man glaubte mir meine Geschichte nicht. „Auf dem Schiff haben Sie doch Sachen bekommen", erklärte eine Frau. „Hier können wir Ihnen nichts geben." Zu dieser Zeit hatte ich nur noch die Kleider, die ich auf dem Leib trug. Sie waren gänzlich abgetragen. Ich mußte um jedes Hemd, um jeden Socken betteln, was mir furchtbar war. –

Als der Krieg im Mai 1945 zu Ende ging, bedeutete das für uns, daß wir nun endgültig Pläne machen konnten, ob wir nach Israel oder Amerika auswandern oder in Europa bleiben wollten.

Unsere Verwandten in Amerika entdeckten, daß wir noch am Leben waren. Sie lasen unsere Namen in der „Reconstruction", einer in New York erscheinenden deutsch-jüdischen Zeitung, die die Namen der Überlebenden aus den einzelnen Lagern, veröffentlichte. Nun besaßen wir zwar das amerikanische Visum, doch hätten wir zu lange auf die Einreisegenehmigung warten müssen. So beschlossen wir, zunächst nach Amsterdam zurückzukehren. Wegen meiner kaufmännischen Ausbildung wurde ich zur Sekretärin der nach Holland zurückkehrenden Gruppe bestimmt. Erik und Marga konnten sofort nach Amerika auswandern, weil Eriks Eltern bereits dort waren.

Gegen Ende unseres Lageraufenthaltes wurde bei allen die Lunge durchleuchtet, nur bei mir nicht. Ich bat darum, auch durchleuchtet zu werden, da ich mich krank fühlte. Man stellte mich dann für den Bruchteil einer Sekunde hinter den Schirm und erklärte mich für gesund.

Es war der 30. August 1945, sieben Tage vor unserer geplanten Abfahrt, als ich Fieber bekam. Meine Mutter maß meine Temperatur noch einmal, nachdem ich ein wenig um die Wellblechbaracke spazieren gegangen war. Sie rief eine Krankenschwester, die nur einen Blick auf mich warf, eilig fortging und zehn Minuten später mit einem Arzt wiederkam. Das war ganz ungewöhnlich, denn Ärzte mußten in der Regel aus der Stadt angefordert werden. In der Hospitalbaracke unseres Lagers waren sie dann die ganze Nacht um mich bemüht und weckten mich alle halbe Stunde zur Einnahme von Tabletten.

Das dauerte so eine Woche an, bis sie sich entschlossen, meine Lunge noch einmal zu röntgen. Ich wurde in einen offenen Jeep gesetzt (was nicht sehr klug war) und mußte während der Fahrt zum Hauptkrankenhaus dem Wind standhalten. Diesmal erschienen auf dem Röntgenschirm schwarze Schatten.

„Da hat sich Flüssigkeit angesammelt. Morgen werden wir punktieren." Am Samstag stachen sie mir eine Nadel in die Brusthöhle. Ständig mußten sie den Kolben an der Spritze wechseln, da er sich immer wieder füllte. „O weh, so viel Flüssigkeit!" sagte der Arzt fortwährend.

Auf diesen Schlag folgten weitere. Man teilte mir mit, daß ich Tuberkulose hätte.

Am nächsten Morgen begrüßten mich ein amerikanischer und ein englischer Arzt mit breitem Grinsen: „Es tut uns leid, aber Sie können nicht reisen."

Ich konnte das alles nicht begreifen. Eine Hilfsschwester rannte zu unserer Hütte, um meine Eltern zu holen. Wahrscheinlich war ihnen nicht klar, wie krank ich war, denn sie überredeten die Ärzte, mich fahren zu lassen. Ich weiß nicht, ob das klug war. Aber das Lager wurde aufgelöst, und man wußte wohl nicht so recht, wo ich dann hätte bleiben sollen.

Der Lagerdirektor fuhr Mutter und mich, außerdem eine andere Frau und ihre Tochter in seinem Privatwagen zur Bahnstation. Alle anderen wurden auf Lastwagen befördert.

Es war eine lange Bahnfahrt nach Algier. Ich wurde auf meiner Holzbank gestoßen und geschüttelt und dann für fünf Tage im Bett eines algerischen Hotelzimmers untergebracht.

Am sechsten Tag wurden wir früh zum Flughafen gebracht. Marga und Erik blieben zurück. Bald danach schifften sie sich nach Amerika ein und fuhren später weiter nach Detroit zu Eriks Eltern. Wir flogen mit einem Bomber der US-Luftwaffe, der erst kürzlich nach einem Unfall repariert worden war, nach Lyon. Unsere Gruppe von acht Personen sollte ihn ausprobieren. Man erklärte uns auf französisch, wie die Fallschirme zu benutzen seien.

Mir hatte man einen Sitz im Cockpit angewiesen, aber ich trat ihn einem Reisenden ab, der noch kränker war als ich.

Ängstlich kauerte ich in der Mulde für die Bomben. Dort saß auch eine Frau, die in der einen Hand ihr Baby festhielt und mit der anderen den Fallschirm gepackt hatte. Gott mochte ihr helfen, wenn etwas passierte!

In Lyon setzte Vater mich für den ganzen Tag auf einer Parkbank ab, während er sich als Leiter unserer holländischen Gruppe um das Gepäck kümmerte und alles weitere organisierte. Er vergewisserte sich, ob alle im Zug waren, ehe er in letzter Minute zu mir zurückkehrte.

„Schnell, schnell! Lauf, der Zug fährt gleich ab!"

„Ich kann nicht, Vater!"

„Lauf!"

Ich tat mein Bestes, und wir schafften es. Ein Ehepaar aus dem Lager, das ich nicht kannte, mußte bemerkt haben, wie krank ich war, denn die beiden hatten in dem überfüllten Zug für mich einen winzigen Sitzplatz freigehalten. Wir fuhren in ein Rückführungslager nach Paris. Es war ein schrecklicher Ort, an dem sich kranke und verwirrte Flüchtlinge aus den verschiedensten Lagern in unzulänglichen Unterkünften zusammendrängten.

Am Tag unserer Ankunft wurde ich in ein Hilfskrankenhaus eingewiesen, das in einem Privathaus untergebracht war. Zum Waschen oder zur Toilettenbenutzung mußte ich über eine zugige Treppe gehen. Ebenso hatte ich mein Bett selbst zu machen und mußte mir mein Essen holen. Doch eine Patientin, der es besser ging als mir, übernahm das für mich.

In dem Wunsch, mich bald wieder gesund zu sehen, machten meine Eltern eine Menge Fehler. Sie begriffen nicht, wie krank ich war. Sie meinten, wenn ich aufstünde, würde ich langsam kräftiger werden. Der Arzt kümmerte sich auch nicht darum. „Sicher, stehen Sie auf!" sagte er nur. Ich fühlte mich nicht danach. „Stehen Sie auf! Stehen Sie auf!" befahl die Krankenschwester und zog mir die Decke weg. „Der Arzt sagt, Sie können aufstehen. Los also!"

Meine Eltern wollten, daß ich auch hinausginge. Ich tat es.

Sicher ist es kaum zu verstehen, wenn jemand vier Wochen in Paris weilt und nichts von der Stadt gesehen hat. Als Mutter mir den Arc de Triomphe zeigen wollte, hinderte meine Krankheit mich daran, in ihre Begeisterungsrufe einzustimmen.

Wir warteten in Paris auf die Genehmigung aus Den Haag, nach Amsterdam zurückzukehren. Wir besaßen ja nicht die holländische Staatsbürgerschaft, fühlten uns aber Holland sehr verbunden. In Bergen-Belsen hatten wir sogar Holländisch gesprochen, damit die Aufseher uns nicht verstehen konnten.

Nachdem wir endlich unsere Papiere hatten, fuhren wir von Paris nach Brüssel. Dort besuchten Mutter und ich ihren Bruder in einem Heimkehrerlager. Mein Onkel war mit einer Arierin verheiratet und im Krieg untergetaucht. Vater bewachte während unserer Abwesenheit das Gepäck, das aus verschiedenen Keksdosen und Seifenpackungen bestand. Davon hatte man uns mehr gegeben, als wir verbrauchen konnten.

Sobald Mutter und ich das Lager betreten hatten, schlug die Eingangstür hinter uns zu, und eine Stimme dröhnte: „Niemand hat heute Ausgangserlaubnis." Gerade in Brüssel angekommen, waren wir schon wieder eingesperrt. Ich blickte durch ein Fenster und sah meinen Onkel kommen. Die Behörden hatten einen Transport zusammengestellt, der Brüssel verlassen sollte. Um jedes Durcheinander zu verhindern, hatten sie die Tore gesperrt. Schließlich gelang es uns, die Lagerleitung davon zu überzeugen, daß wir nicht in dieses Lager gehörten. Man ließ uns gehen.

Nachdem wir zwei Tage mit meinem Onkel verbracht hatten, bestiegen wir einen Zug nach Amsterdam. Die Fensterscheiben im Zug waren entzwei, so daß der kalte Wind hereinblies, was meinen Zustand verschlimmerte. An der holländischen Grenze fragten die Beamten, warum wir vier Wochen in Paris geblieben seien. Die Papiere, auf die wir gewartet hatten, waren gar nicht notwendig gewesen!

Obwohl wir meinem Onkel und anderen telegrafiert hatten, wann wir in Amsterdam eintreffen würden, war niemand am Bahnhof, um uns zu begrüßen. Wir fanden in dieser Stadt, in der wir uns zu Hause fühlten, kein vertrautes Gesicht.

Die holländischen Bahnbeamten waren sehr nett und fuhren uns auf einem dreirädrigen Lieferwagen zu Eriks Onkel, der aber nicht da war. Wir warteten bis zehn Uhr abends, ehe wir unser altes Haus aufsuchten und dort endlich einige Nachbarn trafen. Das waren die ersten vertrauten Gesichter. Wir freuten uns über das Wiedersehen, mußten dann aber feststellen, daß der Empfang eher kühl war. Was war nur los? Endlich sagte einer: „Wir haben bereits über Sie gesprochen. Wenn Sie — wie andere Juden — mit der Polizei gekommen wären, hätten wir alle Ihre Sachen auf den Fußboden geworfen und gesagt, daß Sie sich heraussuchen sollten, was Ihnen gehört."

Worüber sprachen sie nur? Wir waren doch froh, sie zu sehen und wieder zu Hause zu sein! Was von den Dingen, die sie während des Krieges für uns aufgehoben hatten, übriggeblieben war, genügte uns. Vater hatte bei ihnen eine Menge Material aus seiner Fabrik gelagert. Davon hatten sie manches für Lebensmittel eintauschen müssen. Natürlich hatten wir nicht erwartet, daß sie Hungers starben, während unsere Stoffballen ihnen Platz wegnahmen.

Ihre Haltung verdarb das Wiedersehen etwas. Diese Leute hatten so manches Mal ihr Leben aufs Spiel gesetzt, wenn sie uns in der Verfolgungszeit besuchten und Gemüse, Butter und Eier mitbrachten. Die Nazis waren für uns „schlechte" Christen, während wir in diesen Leuten „gute" Christen sahen, denn wir glaubten — wie die meisten Juden —, daß alle Arier Christen wären. Wenn ich gewußt hätte, wie man wirklich Christ wird, hätte ich das natürlich anders gesehen.

Über sechs Millionen Juden waren getötet worden. So befanden sich viele Holländer, denen für ihre jüdischen Freunde einiges zur Aufbewahrung übergeben worden war, plötzlich im Besitz von Wertsachen. Eine Familie beklagte sich: „Wir haben nicht solches Glück wie andere, deren Juden umgekommen sind. Unsere Juden kamen alle zurück.“ Unseren Nachbarn tat es nicht leid, daß wir zurückkehrten, doch bedauerten sie, nicht für solche Juden etwas aufbewahrt zu haben, die nicht zurückkamen. Wie man es auch drehte, die ganze Sache ließ doch einen schlechten Nachgeschmack zurück. Die Bilder von dem grauenhaften Tod in den Lagern standen in seltsamem Kontrast zu dieser gierigen Haltung, die unsere Wiedersehensfreude belastete.

Vater, der vor dem Krieg einen ausgezeichneten Kredit besaß, lieh sich einige hundert Gulden und baute sein Geschäft wieder auf. Er verkaufte Herstellungsmaterial und Kleiderstoffe und konnte seine Produktion schnell steigern. Herr Schmidt hatte das Betriebskapital übernommen, die Firma auf seinen Namen übertragen lassen und sie während des Krieges weitergeführt. Als der Kampf zu Ende ging, nahm er das Geld und floh nach Deutschland. Doch die Maschinen konnte er nicht mitnehmen.

Ich ließ Lore durch das Rote Kreuz suchen. Sie war von Vught nach Auschwitz und in andere Lager gekommen. Immer arbeitete sie für die Firma Philips. Auf einem Transport nach Schweden wäre sie fast umgekommen. Im April 1947 kehrte Lore nach Holland zurück und wohnte bei meinem Onkel. So waren wir wieder vereint!

Ein paar Wochen nach unserer Rückkehr nach Amsterdam suchten wir unseren alten Arzt auf. Er war natürlich hauptsächlich um meine Eltern besorgt. So untersuchte er zuerst Vaters schwaches Herz und Mutters angegriffene Lunge. Er war jedoch mit beiden zufrieden und wandte sich dann mir zu. Er glaubte wohl, ich sei die einzige Gesunde. Die Lachfältchen auf seinem Gesicht verschwanden augenblicklich. Wieder hatte sich in meiner Lunge Flüssigkeit angesammelt. Er riet mir, ein paar Wochen im Bett zu bleiben. Das war etwa Anfang November 1945. Die „paar“ Wochen dauerten bis zum August 1946. Mutter brachte mir das Essen und versorgte mich täglich mit allem. Erst im Mai durfte ich zu den Mahlzeiten aufstehen.

Nachdem es mir wieder besser ging, besuchte ich die Synagoge und hörte eine Predigt von unserem alten Rabbi in Berlin, der nach Amsterdam gekommen war. Er sprach über die Liebe. Er sagte u. a., uns werde nicht befohlen, unsere Eltern zu lieben, sondern sie zu ehren — Gott aber sollten wir lieben! Dieser Gedanke prägte sich mir ein, obwohl ich ihn nicht ganz verstand.

Eine Anhängerin der Christlichen Wissenschaft, eine getaufte Jüdin, gab mir ein Buch von Mary Baker Eddy, der Gründerin dieser religiösen Sondergemeinschaft. Dieses Buch belehrte mich, daß Jesus keine Krankheit wolle. Man müsse einfach aus dem Bett springen und sich sagen: „Ich bin nicht krank!" Ich wußte, daß dies Unsinn war. Ich konnte doch nicht aus dem Bett klettern und sagen: „Ich habe keine Flüssigkeit in der Lunge!" Frau Eddy schaffte es, mich von der „Christlichen Wissenschaft" zu kurieren, nicht von meiner Krankheit.

Bald nach unserer Ankunft in Holland begannen wir wieder mit unseren Bemühungen, das Einreisevisum für Amerika zu erhalten. Im Oktober 1947 war es soweit. Vater verkaufte sein Geschäft, und wir machten die Jungfernreise der neuen Amsterdam nach Amerika mit. Erster Klasse! Da Vater nur einen begrenzten Geldbetrag mitnehmen durfte, verwendeten wir das überflüssige Geld für teure Schiffskabinen. Kinos, Bordspiele, Wettkämpfe, üppige Mahlzeiten und einschmeichelnde Musik machten die Überfahrt sehr erholsam.

Als wir in den Hafen von New York einfuhren, konnte ich es kaum glauben! Amerika kam mir so großartig vor. Amerikanische Einwanderungsoffiziere kletterten an Bord. Sie warfen einen Blick auf mich und begannen mit einem Verhör. Wieder einmal muß ich einen ziemlich blöden, zurückgebliebenen Eindruck gemacht haben. Sie fragten, ob ich lesen und schreiben könne.

Ich lächelte triumphierend: „In welcher Sprache?"

Das belehrte sie eines Besseren! Sie fragten, wie viele Sprachen ich beherrschte, und waren überrascht, daß ich in Englisch antwortete. Außerdem sprach ich Deutsch, Holländisch, Französisch und Spanisch. Sie waren befriedigt.

Die Passagiere stießen sich gegenseitig fast um, während sie sich beeilten, das Land der unbegrenzten Möglichkeiten zu betreten. Mancherlei Gedanken bedrängten mich. War dies nun wirklich ein Neubeginn? Was würde aus Jutta Vera Schlamm werden?

Da unterbrach eine vertraute Stimme meine Geistesabwesenheit. Meine Augen suchten die wartende Menge ab, bis sie an einem wie verrückt winkenden Mädchen haltmachten. Es war meine Freundin Marion aus Berlin!

Marion war seinerzeit mit einem Kindertransport von Berlin nach London gekommen, wo sie während des Krieges in einem englischen Heim als „Tochter" untergebracht war. In Wirklichkeit wurden diese Kinder wie Dienstboten behandelt.

Marion trug blank geputzte Schuhe. Sie war sechs Monate vor uns in New York eingetroffen. Wir umarmten uns und weinten vor Freude nach einer Trennung von zehn Jahren. In der folgenden Woche zeigte Marion mir New York. Wir besuchten auch meine Vettern aus Berlin und Eriks Onkel und Tante.

In Europa hatte ich gehört, daß man in den Vereinigten Staaten tagsüber arbeiten und abends eine Schule besuchen kann. So etwas war früher nie möglich gewesen. Der Traum, mir einen fruchtbaren, gewinnbringenden Beruf zu sichern, zog mich viel mehr an als der unbestimmte Gedanke an eine Heirat.

Bisher hatte ich mich noch niemals zu einem bestimmten jungen Mann hingezogen gefühlt. Zu viele Jahre haben wir verbracht, in denen alle unsere Gedanken nur dem Überleben galten. Ich konnte mir nicht einmal vorstellen, einen Freund zu haben. Meine Freundinnen sagten, ich zöge mich komisch an, wie ein kleines Mädchen. Meine große Schüchternheit, meine Komplexe wegen meiner geringen Körpergröße trugen zu dieser Isolierung bei. Die Europäer finden einen zu klein geratenen Menschen irgendwie lächerlich, doch in Amerika war das anders.

Ich schrieb an Lore, wie traurig ich sei, daß wir nur sechs Monate zusammen waren, ehe wir erneut getrennt wurden. Ich beschwor sie, mir nach Amerika zu folgen. Doch ihr Herz zog sie nach einem anderen Land: nach Palästina. Bald nach Ankunft in der Heimat der Juden heiratete sie.

Wir aber — meine Eltern und ich — fuhren weiter nach Detroit und feierten dort nach zweijähriger Trennung eine Familienzusammenführung mit Erik und seiner Frau Marga, die ein Kind erwartete.

Für einige Monate gingen wir nach Chikago, um Mutters Verwandte zu besuchen, da das freudige Ereignis bei Marga ja noch weit genug entfernt lag. Doch Margas Sohn Peter hatte es eilig! Er wollte nicht warten und bestand darauf, vorzeitig am 29. November 1947 geboren zu werden, dem Tag, an dem die Vereinten Nationen die Teilung Palästinas beschlossen.

Die Nachricht von der Gründung des Staates Israel löste bei uns fast ebensoviel Freude aus wie die Geburt Peters. Als wir noch in Holland waren, kam ein entfernter Verwandter aus Palästina zu Besuch und erzählte, mit welchen Schwierigkeiten die Entwicklung dieses Landes verbunden war, in dem die Araber ständig Überfälle unternahmen, während sie vor der Weltöffentlichkeit nach Frieden riefen.

Ich überlegte mir nun ernsthaft verschiedene Berufsmöglichkeiten. Da sagte mir Peters Kinderschwester, ich könnte ihren Beruf in einem Jahr erlernen. Sie riet mir, in ein Heim in der Nähe von Detroit zu gehen, das eine Art Waisenhaus in Verbindung mit einer Kinderbewahranstalt darstellte. Es klang vielversprechend. In zwölf Monaten würde ich einen richtigen Beruf erlernen, gleichzeitig aber mit Kindern arbeiten, was ich schon immer gerne tat.

So befand ich mich eine Woche später in einem katholischen Kinderheim. Die einzelnen „Familien“, zu denen die Kinder zusammengefaßt waren, waren in getrennten Häusern untergebracht. Alles machte einen guten Eindruck. In jedem „Familienverband“ wurde für zwanzig Kinder gesorgt. Ein anderes Mädchen und ich waren aber nicht nur dazu bestimmt, die Kinder zu versorgen, wir mußten auch die Flure, das Spielzimmer, zwei Zimmer mit Schränken, vier Schlafzimmer und sechs Badezimmer putzen.

Nach zwei Monaten hatte die Heimleitung genug katholische Mädchen als Mitarbeiterinnen, so daß sie eine Protestantin und mich entließen. Sie wußten, daß ich Jüdin war. Sollte es auch einen Unterschied zwischen Katholiken und Protestanten geben? dachte ich.

Gam zu l^{e}ṭobā! Was mir hier zum Guten diente, war die bessere Beherrschung der englischen Sprache und ein neuer Name. Niemand in Amerika konnte meinen Namen Jutta aussprechen. So nannte ich mich fortan mit meinem zweiten Vornamen. Um fünf Uhr morgens pflegte meine Zimmergefährtin „Vera“ zu rufen. Ich blickte mich anfangs verschlafen nach einer dritten Person um, bis mir klar wurde, daß ich ja Vera war.

Es fiel mir nicht schwer, das Kinderheim zu verlassen, doch die Trennung von den Kindern war mir nicht leicht. Da ich beobachtet hatte, wie ausgebildete Kindergärtnerinnen mit den Kleinen arbeiteten, schloß ich daraus, daß es wirklich ein wundervoller Beruf sein müßte.

Zehn Jahre lang, von meinem fünfzehnten bis zu meinem fünfundzwanzigsten Lebensjahr, war ich weder körperlich noch geistig gewachsen. Ich lebte wie eine Eintagsfliege dahin. Ich wurde nicht reifer. Jetzt begann ich aufzuwachen. Es wurde mir deutlich, daß ich nicht mein Leben lang bei meinem Vater als Bürokraft arbeiten wollte. Ich erkundete die Möglichkeiten, Kindergärtnerin zu werden. Die städtische Erziehungsbehörde schickte mich zum Wayne-College. Hier fragte Herr Cieslack, ein äußerst liebenswerter Mann, mich nach meiner Schulbildung. Als ich meine Situation schilderte und zusammenzählte, wie viele Unterrichtsstunden ich in jedem Fach gehabt hatte, ehe wir von den Deutschen verhaftet wurden, meinte er: „Eigentlich fehlen noch mindestens drei Jahre höhere Schule."

Das wußte ich. Aber anstatt meinen Fall infolge mangelnder Vorbildung als hoffnungslos aufzugeben, ermutigte er mich, die Aufnahmeprüfung für dieses Wayne-College zu machen, allerdings mit der Einschränkung: Nur für den Anfangskurs! Auf meine Karte schrieb er in großen Buchstaben: Nur zur Probe!

Ich wußte nicht, welche Fragen man mir bei dieser Prüfung stellen würde. Ich stopfte mein Gedächtnis voll mit Daten aus der amerikanischen Geschichte und mit Algebra. Aber der Test, dem ich mich zu unterziehen hatte, hatte damit nichts zu tun. Wir mußten etwas lesen, dann den Bogen umdrehen und innerhalb einer festgesetzten Zeit Fragen zu dem Gelesenen beantworten. Herr Cieslack nannte mir später das Ergebnis: „Wir nehmen Sie!"

Ich war sprachlos. Der Test zur Probe, den ich bestanden hatte, stellte sich als Aufnahmeprüfung ins College heraus. Damit war ich Studentin geworden, die auf das Berufsziel „Kindergärtnerin" zusteuerte. In diesem ersten Jahr mußte ich durchschnittlich „B"-Zensuren haben, um die Schule weiter besuchen zu können.

Am schwersten fielen mir die Englischstunden. Ich beherrschte zwar die Grammatik und die Aussprache, aber mein Wortschatz war sehr gering. Ich sagte der Lehrerin, daß ich ein paar Klassen tiefer hätte eingestuft werden müssen. Doch sie war nicht meiner Meinung. Meine wöchentlichen Aufsätze kamen mit folgenden Bemerkungen zurück: „Schlechter Satzbau!" oder: „Mangelhafter Sprachgebrauch!" Nach sechs Wochen legten mir meine Freundinnen nahe, den Kursus aufzugeben. Doch ich wollte nicht.

Eines Tages hatte ich mit der Lehrerin eine Unterredung über einen Aufsatz, den ich noch einmal umgeschrieben hatte. Da fragte sie mich, wie ich in der Schule vorankäme. Ich antwortete: „Recht gut, mit Ausnahme Ihrer Stunden."

„Sie machen gute Fortschritte bei der Arbeit", ermutigte sie mich. „Ich dachte, es sei für Sie eine gute Übung, den Aufsatz noch einmal zu schreiben. Andere mußten das auch tun."

Die Arbeit wies später die Note „A" auf, nachdem ein „C" ausradiert worden war. „Es ist bedauerlich, daß diese Zensur herabgesetzt werden muß wegen zu geringen Wortschatzes" stand darunter. Im Zeugnis erhielt ich ein „B" im Englischunterricht.

Im Mathematikunterricht hob ich immer die Hand, wenn der Lehrer eine Frage stellte. Wenn möglich, nahm er jedoch einen anderen dran. Einmal stand ich an der Wandtafel und erklärte, an welchem Punkt ein Radfahrer einem Auto begegnen würde, wenn der Wagen etwas später startete. Der Lehrer gab zu, daß ich die richtige Antwort gegeben hätte, doch meine „europäischen Rechenmethoden" wären so sonderbar, daß er selbst an einer bestimmten Stelle vom Fahrrad gefallen sei und mich verloren habe. Einer anderen Studentin sagte er einmal: „Sie sind gerade wie Vera! Sie hat die richtigen Antworten, aber ich weiß nicht, wie sie dazu gelangt." Er war überhaupt nicht fähig, meiner Beweisführung zu folgen.

Im Durchschnitt erhielt ich während meines ersten Jahres bessere Noten als „B" und wurde deshalb als volles Mitglied des Colleges anerkannt. Doch bald stellte ich fest, daß ich mich wohl doch nicht zu einer Kindergärtnerin eignen würde. Ich unterzog mich einer Reihe von Tests, die eindeutig bewiesen, daß ich auf naturwissenschaftlichem Gebiet begabt war. So wählte ich medizinische Technologie mit dem Ziel, Laborantin zu werden. Als Hauptfach nahm ich Biologie, als Nebenfach Chemie.

Vater, der es in seinem Blusengeschäft nicht leicht hatte, verkaufte 1951 sein Geschäft und ließ sich mit meiner Mutter bei Marga und Erik nieder, die in San Antonio ein Motel gekauft hatten. Auch ich war bald des Alleinseins müde und zog zu meinen Lieben. Ich plante, an der Universität von Texas in Austin weiterzustudieren, doch der Arzt sagte mir, daß Vaters Herz so schwach sei, daß es nicht klug sei, siebzig Meilen von ihm getrennt zu leben. So schrieb ich mich im September 1951 am Dreifaltigkeits-College in San Antonio ein. Gleichzeitig begann ich mit einem Praktikum als Laborantin in einem Krankenhaus der Stadt.

Das Dreifaltigkeits-College untersteht der Presbyterianischen Kirche. Um zugelassen zu werden, mußte man zwei Kurse in Religion belegen: einen alttestamentlichen und einen in vergleichender Religionswissenschaft. Der Chaplain der Schule war ein ausgezeichneter Lehrer. Oft erweckte er das Alte Testament durch seine Darstellung so zum Leben, daß ich einfach fasziniert war.

Einmal versuchte ein Student, ihn durch Zwischenfragen in die Enge zu treiben. Es ging um den Schöpfungsbericht und die Ablehnung der Evolutionstheorie. Der Chaplain stellte fest, daß es seiner Meinung nach einen sehr viel größeren Glauben verlange, anzunehmen, daß der Mensch in seiner Entwicklung einen riesigen unbekannten Sprung vom Affen zum Menschen gemacht hätte, als zu glauben, Gott habe ihm seinen Geist eingehaucht. Dann fügte er hinzu, was sich mir tief einprägte: „Sie können nicht irregehen, wenn Sie die Wahrheit suchen. Es gibt nur eine Wahrheit."

Im Kurs für vergleichende Religionswissenschaft kamen wir auch zum Christentum. Der Chaplain sagte, wenn Jesus nicht gelebt habe, dann hätten Millionen Menschen an eine Lüge geglaubt. Er führte Schriftstellen an, in denen Jesus aufzeigte, wie sich in ihm die alttestamentlichen Prophezeiungen erfüllt hätten und daß er der Sohn Gottes sei. Wer war er nun — ein Phantast oder der, für den er sich ausgab?

Ich war enttäuscht, wenn mein naturwissenschaftlicher Kursus am anderen Ende des College-Geländes ein bißchen länger dauerte und ich nicht schnell genug zum Unterricht des Chaplains laufen konnte, um noch sein Eingangsgebet mitzubekommen. Ich war jedesmal von dem gefesselt, was und wie er betete. Das Gebet hatte in meinem Leben so viele Wirkungen gezeigt, daß ich seine Macht nicht in Abrede stellte.

Da ich in Wayne die Anfangskurse absolviert hatte, brauchte ich im Dreifaltigkeits-College nur noch die Biologie- und Chemiekurse für Fortgeschrittene zu belegen. Ich kam zu denen, die Naturwissenschaft als Hauptfach belegten.

Eine Freundin ermutigte mich, mit ihr Medizin zu studieren. Was für ein Wahnsinn! Ich wies diesen Gedanken zurück. Und doch begann er sich in mein Wunschdenken einzuschleichen. Eines Tages nahm meine Freundin mich nach Hause mit. Ihr Mann war Zahnarzt. Er schlug vor, ein Darlehen aufzunehmen, das ich nach beendigtem Studium zurückzahlen könne. Am nächsten Tag informierte meine Freundin unseren Biologie-Professor, der der Vorsitzende der medizinischen Vorschule war, über ihren Vorschlag und meinen Eigensinn. Auch er hielt es für eine großartige Idee.

Das entschied alles. Es war Anfang 1952. Ich war fast zu alt, um mich noch dem Test zu unterziehen, der über meine Zulassung im September entschied. Ich hatte nicht einmal meinen ständigen Wohnsitz in Texas und konnte es mir im Grunde gar nicht leisten, eine Staatsschule zu besuchen. Dennoch bewarb ich mich darum.

Ich schickte meine Bewerbungen an die „Südwestliche Medizinschule" der texanischen Universität in Dallas und an die Universität in Galveston.

Während ich auf Antwort wartete, erwähnte ich Marga gegenüber einmal: „Wenn Gott will, daß ich Medizin studiere, wird man mich annehmen. Trotz allem, was dagegensteht! Wenn es nicht sein Wille ist, werde ich meine medizinisch-technische Ausbildung fortsetzen."

Wir hatten in San Antonio eine Synagoge der reformierten Richtung besucht, weil uns dieser Rabbi sympatisch war. Erik war darüber aufgebracht, daß die Männer in dieser liberalen Gemeinde ihren Kopf nicht bedeckten. Ich stimmte ihm zu. Daß sie als „Reformierte" die Gebete in der Landessprache wiedergaben, hielt ich für richtig, um so mehr, als sie dabei mehr Ehrfurcht zeigten als man sie oft in orthodoxen Synagogen findet. Aber warum mußten sie die Christen nachahmen, warum trugen sie keine Kopfbedeckung? Die in der Schrift geschilderte priesterliche Kleidung sah eine Kopfbedeckung vor. Alle jüdischen Männer gelten vor Gott aber als Priester.

Meine zunehmende Beschäftigung mit religiösen Fragen rief mir eine frühere Überlegung ins Gedächtnis, die ich mir nach dem Verlassen von Bergen-Belsen gestellt hatte: Welchen Plan hat Gott für mein Leben? Als mich die Frage eines Medizinstudiums bewegte, kam mir sogleich der Gedanke: Kann das nicht Gottes Wille sein?

Er wollte es. Die Südwestliche Medizinschule erteilte mir die Zulassung. Ich machte mir nicht die Mühe, davon Galveston zu benachrichtigen, da ich bereits erfahren hatte, daß nur Bürger von Texas eine Chance hatten, in der Universität aufgenommen zu werden. Doch am Stichtag wurde ich — wie beantragt — in Texas eingebürgert und erhielt nun auch für Galveston die Zulassung zum Studium. Aber ich hatte mich bereits für die Südwestliche Medizinschule entschieden.

Während des Studiums war zunächst die Sprache für mich ein großes Problem. Ein wenig hatte ich auch unter dem Antisemitismus mancher Studenten zu leiden. Als mich die Mädchen in der Schule fragten, ob ich nicht ihrer Schwesternschaft beitreten wollte, sagte ich ihnen, daß ich Jüdin sei. Im College waren christliche und jüdische Schwesternschaften streng voneinander getrennt. Einige Studenten machten in meiner Gegenwart abfällige Bemerkungen über die Juden.

Zwischen dem ersten und zweiten Jahr meines Medizinstudiums machte ich meinen Führerschein. Ein Jahr später war ich Besitzerin eines eigenen Wagens, was schon damals eine Notwendigkeit war.

Im Jahre 1953 gewann ich etwas, was ich fast zwanzig Jahre vorher verloren hatte: die Staatsbürgerschaft! Fünf Jahre hatte ich darauf warten müssen.

1954 gab Erik das Motel auf, weil das Geschäft durch die Wirtschaftskrise nachließ und die Unterkunft für seine Familie zu klein geworden war. Aber es steckte der alte Ehrgeiz in ihm, und so begann er in einem Kaufhaus die Stufen der Leiter zu einem Direktorposten zu erklimmen.

In den Sommerferien meines ersten Studienjahres arbeitete ich als „Externe" in einem Privatkrankenhaus in San Antonio. Es war dasselbe Krankenhaus, in dem ich meine medizinisch-technische Ausbildung begonnen hatte.

Ein „Externer" vertritt einen Arzt, obwohl seine Ausbildung noch nicht abgeschlossen ist. Ich hatte den ganzen Tag und auch an manchen Abenden die Aufsicht über die Intensivstation. An den Wochenenden trug ich sogar die Verantwortung für das ganze Krankenhaus. Ich mußte entscheiden, ob ein Magenschlauch eingeführt oder ob mit intravenöser Ernährung begonnen wurde. Bei den Patienten handelte es sich ausschließlich um solche, die von ihren eigenen Ärzten behandelt wurden. Ich konnte jeden von ihnen jederzeit anrufen und mich beraten lassen. Damit war letzten Endes alles, was ich tat, von einem richtigen Arzt verordnet.

Ich beobachtete die Ärzte bei allem, was sie taten. Einer lehrte mich, wie man eine Wunde näht und ließ mich dazu einen Riß in einem alten Hut nähen. Da ich ehrgeizig war, blieb ich während seiner Dienstzeit die ganze Nacht über bei ihm.

Um Mitternacht kam ein Mann mit einer Stichwunde im Arm. Der Arzt erlaubte mir, die klaffende Fleischwunde zusammenzunähen. Er kam immer wieder vorbei und sagte: „Sie machen das wundervoll. Wirklich fein!"

Ich sprach auf solche Komplimente gut an. Wenn er dagegen gesagt hätte: „Wie schrecklich!", würde das vielleicht meine ganze medizinische Laufbahn ruiniert haben. Der Patient, der durch die Wunde und ihre Nachwirkungen noch ganz durcheinander war, schien sich nicht darum zu kümmern, wer ihn versorgte. In jenen Sommerferien gewann ich endlich Selbstvertrauen.

Im zweiten Sommer war ich etwas ängstlich, denn nun wußte ich mehr und begriff darum besser, wieviel ich nicht wußte! Doch auch diesmal war die praktische Erfahrung unbezahlbar.

In meinem letzten Studienjahr bewarb ich mich um die Stelle einer Assistenzärztin. Ich fütterte einen Computer mit meinen Wünschen, der mir dann über verschiedene Krankenhäuser und ihre Vorzüge Auskunft gab.

Da der Bruder meiner Mutter nach Kalifornien gezogen war, ermutigte mich meine Mutter, in Kalifornien als Assistenzärztin zu arbeiten. Eigentlich wollte ich nicht dorthin gehen, weil ich einer Schule oder einem Staat gern treu blieb. So war es in Michigan gewesen und dann in Texas. Und doch bewarb ich mich in zwei Krankenhäusern in San Francisco, der Universitätsklinik von Kalifornien, und einem Kinderkrankenhaus in Los Angeles. Ich konnte mich nicht für eine bestimmte Stadt entscheiden.

Schließlich nahm ich eine Stelle als Kinderärztin an, was mir lieber war, als in einem Krankenhaus als Assistenzärztin zu arbeiten. Von Anfang an hatte ich mir ja gewünscht, Kindern zu helfen.

Im Juni 1956 wurde meine bestandene Abschlußprüfung von meiner Familie und meinen Freunden fröhlich gefeiert. Zwei Monate nach meinem Umzug nach Los Angeles kamen meine Eltern aus Texas, und wir teilten uns die Wohnung.

Meine Zeit als Kinderärztin war sehr erfreulich und einträglich. Viele meiner Patienten und ich wurden gute Freunde. Ein Jahr später zog ich ins Kinderkrankenhaus, um dort die notwendigen zwei Jahre zu verbringen, in denen man im Dienstgebäude wohnen muß. Ich brachte meine Kleider in eines der kleinen Appartements, die dazu bereitstanden. Der Raum, der mir zugewiesen worden war, war heiß und schmutzig. Da ich keine Möglichkeit hatte, ihn noch am gleichen Abend zu putzen, ging ich nach Hause und kehrte erst am nächsten Morgen zurück. Als ich das Zimmer betrat, stand darin eine Frau, eine andere lag noch im Bett. Es war

Le Claire, ein Mädchen, mit dem zusammen ich das Dreifaltigkeits-College und auch die Medizinische Hochschule besucht hatte. Obwohl wir uns ein- oder zweimal im Jahr schrieben und ich wußte, wo sie ihr Assistenzjahr ableistete, hatte ich keine Ahnung, daß sie auf den Beruf einer Kinderärztin zusteuerte. Die andere Frau in meinem Zimmer war ihre Mutter. Die Zimmerkameradin, die Le Claire zugewiesen worden war, hatte ihre Freundin für die Nacht mitgebracht. Deshalb hatten sie beschlossen, mein Appartement zu benutzen. Ich konnte mir nicht erklären, warum Le Claire nicht ebenso überrascht war wie ich, als ich ins Zimmer trat. Lachend gab sie zu, daß sie in den Wandschrank geblickt und meinen Namen auf den weißen Kitteln gelesen habe.

Wir erreichten, daß wir für die beiden Jahre zusammenziehen konten. Le Claires Freund, der jetzt ihr Mann ist, und ich nannten uns gegenseitig stets nur „Zimmergenosse", denn er hielt sich ebenso häufig in unserem Zimmer auf wie seine Freundin. Er benutzte unseren Tisch, um seine Bücher auszubreiten und zu studieren.

In jener Zeit lernte ich einen Mann kennen, der sich für mich interessierte. Er war Ingenieur, zwar Jude, aber Atheist. In meinem Herzen wußte ich, daß daraus niemals etwas werden würde. Ich glaubte an Gott. Und das sollte auch mein künftiger Mann tun.

Während meines letzten Jahres im Kinderkrankenhaus verbrachte ich zwei Monate im Orange Country Hospital. Dort war ich die einzige Kinderärztin und hatte mehrere Assistenzärzte unter mir. Ich traf selbständig alle Entscheidungen. Als ein Fünfzehnmonatskind mit Meningitis eingeliefert wurde, lag es bereits im Sterben. Ich kämpfte erbittert um sein Leben. Ein Assistenzarzt fragte mich, warum ich mir solche Mühe gebe. Ich erwiderte, das Kind sei gesund, es habe keinen Gehirnschaden und verdiene es, daß wir uns mit allen Kräften für es einsetzten. Und wir siegten!

In dieser Zeit beschäftigten mich Glaubensfragen immer stärker. Im College und auf der Hochschule dachte ich oft an Gott. Ich besuchte die Gottesdienste, so oft ich konnte. Ich bewunderte Le Claire, die eine gläubige Katholikin war. Sie ging regelmäßig zur Messe und beantwortete bereitwillig meine viele Fragen über ihre Religion. Doch wenn sie mich über die jüdische Religion ausfragte, konnte ich ihr nicht immer antworten. Dies gab mir den Anstoß, mehr darüber nachzudenken und zu lesen. Ich sagte ihr zum Beispiel, daß ich meine Sünden nicht wie sie jede Woche zu bekennen brauchte, da ich dies einmal im Jahr am Yom Kippur (dem Versöhnungstag) tat.

Noch in Bergen-Belsen hatte ich Vater gefragt, ob wir uns später nicht zu den orthodoxen Juden halten sollten. Obwohl ich fühlte, daß viele Gebote nur leere Tradition waren, bewunderte ich doch die orthodoxen Juden, weil sie sie zu halten versuchten.

An den Wochenenden flog ich gelegentlich nach San Francisco und verbrachte die Tage mit einer Familie, die für mich die Verbindung zum orthodoxen Judentum darstellte. Am Freitagabend gab es „Kiddusch", ein Essen mit Hühnerfleisch, und nach dem Mahl sprachen wir die Danksagung. Am Samstagmorgen gingen wir gemeinsam zur Synagoge.

In diesen Wochen begann ich, einen Traum meines Lebens wieder ins Auge zu fassen: das Land der Bibel zu besuchen. Über die Erde dieses Landes zu gehen, das wir in meiner zionistischen Jugendgruppe unterstützt hatten! Lore und meinen Vetter Günther zu begrüßen, die ich nun schon einundzwanzig Jahre lang nicht gesehen hatte.

Im August 1959 flog ich nach Tel Aviv. Wie erregend war es für einen Juden, zum erstenmal nach Israel zu kommen! Als ich nach der Landung die Gangway hinunterschritt, entdeckte ich Lore. Ein Vetter mit seiner Familie begrüßte mich auch. Er war siebzehn Jahre älter als ich, und Marga und ich nannten ihn Onkel, da er uns nicht wie ein Cousin vorkam. Ich hatte ihn vierundzwanzig Jahre nicht gesehen.

Lore und ich nahmen ein Taxi nach Jerusalem. Als wir dort

ankamen, war die Trennung von zwölf Jahren bereits wie weggewischt. Wir machten einfach da weiter, wo wir aufgehört hatten.

Ich schrieb Günther, ich würde ihn besuchen, wann es ihm paßte. Zwei Tage später kam von ihm ein Telegramm in Hebräisch: „Erwarte dich morgen!" Das war alles. Keine näheren Anweisungen. Keine Adresse. Ich besaß nur die Nummer seines Postfachs, an die ich ihm geschrieben hatte. Das war typisch für meinen Vetter Günther. Mich amüsierte es köstlich. Lore, die mich in einen Bus nach Haifa setzte, lehrte mich zwei Dinge in Hebräisch sagen: „Wieviel kostet das?" und „Das ist zu viel!"

In Haifa nahm ich ein Taxi nach Günthers Dorf Qirjat Bialik, in dem hauptsächlich Einwanderer aus Deutschland lebten. Es war eine Fahrt von zwanzig Minuten. Der Chauffeur sprach Hebräisch, Russisch und ein paar andere Sprachen, die ich nicht kannte. Ich sprach Deutsch und Englisch, doch die einzige gemeinsame Sprache war Hebräisch, von der ich nur Bruchstücke kannte. Er begriff nicht, daß ich Günthers Adresse nicht wußte. Der Fahrer dachte, ich sei etwas durchgedreht und fragte mich auf Hebräisch nach Günthers Anschrift. Ich war verlegen. Wie heißt Postfach auf Hebräisch? Schließlich kramte ich aus meinem Gedächtnis seine alte Adresse hervor, die er vor dem Krieg angegeben hatte. Der Mann fuhr mich dorthin, und ich kam in Günthers Haus an, als er und seine Frau Bela sich gerade zum Essen setzten. Das hatte ich gut abgepaßt!

Bela und ich verstanden uns sofort großartig. Sie war entzückend und fragte Günther, wie er erwarten konnte, daß ich sie finden würde, wenn er keine näheren Angaben gemacht habe. Er vergrub seine Gabel im Essen und grinste. Er wußte, ich würde es fertigbringen.

„Bist du das wirklich?" meinte er ständig. „Bist du tatsächlich hier?"

Ich konnte nur ein paar Tage bleiben, da Lore und ich Ausflüge nach Berseba, Sodom und ans Rote Meer geplant hatten. Nach meiner Rückkehr verbrachte ich noch einmal eine Woche in Günthers Heim, dann eine Woche bei Hermann, dem Vetter, der mich am Flughafen begrüßt hatte. Beide fuhren mich in ganz Israel herum und sorgten dafür, daß ich viel zu sehen bekam.

Als Teenager hatte ich Geld gesammelt für die Anpflanzung von Bäumen in Israel. Hier sah ich nun, was sich daraus entwickelt hatte. Wo jahrhundertelang nichts als Wüste gewesen war, breiteten sich jetzt Wälder und Obstbaumplantagen aus. Die ständige Bezugnahme auf Ereignisse aus der Bibel beeindruckte mich ebenso. Alles, was ich gelesen hatte, die Geschichten, die mir seit meiner Kindheit vertraut waren, hatten sich tatsächlich hier zugetragen. Hier! In Israel! Ich war wie trunken vor Liebe zu diesem Land.

In Nazareth führten sie mich zu einer Kirche und erklärten: „Hier wurde Jesus geboren." Oder: „Hier ist er aufgewachsen." Wir machten unsere Späße darüber, denn es schien, als ob überall dort, wo Jesus einen Schluck Wasser getrunken oder ein paar Minuten geruht hatte, eine Kirche gebaut worden wäre.

Es gibt ein halbes Dutzend Stellen, an denen Jesus seine Kindheit verbracht oder dieses oder jenes getan haben soll. Wie absurd, denn er konnte ja nicht an mehreren Orten gleichzeitig gewesen sein! Man ließ den Besucher einen Blick in eine solche Kirche werfen, in der sich eine kleine Nische befand, in der Joseph angeblich seine Zimmermannswerkstatt gehabt hat.

Meine Aufgeschlossenheit für die Botschaft der Bibel ließ meine Achtung für die Israelis wachsen und gleichzeitig abnehmen. Da gab es die Ultra-Orthodoxen und diejenigen, die überhaupt nichts glaubten. Wie trostlos für dieses Volk der Bibel!

Nach siebenwöchigem Aufenthalt in Israel kehrte ich nach Los Angeles zurück.

Ein Arzt im Kinderkrankenhaus fragte mich, ob ich ihn

im medizinischen Zentrum von Glendale vertreten würde. Ich willigte ein und arbeitete mit der dort praktizierenden Ärztegruppe zweimal in der Woche zusammen. Später fügten sie noch den Dienstag und Donnerstag in meinen Wochenplan ein. Dabei war ihnen klar, daß ich diese Vertretung nur zeitweise übernahm, bis sie einen Kinderarzt fanden, der ganztags arbeitete. Doch im Januar 1960 verpflichteten sie mich schließlich ganz für diese Aufgabe. Es war ein wundervoller Anfang: Eine fertig eingerichtete Praxis, im Wartezimmer Kinder, die sich auf den Stühlen räkelten, bis sie zur neuen Ärztin hineingerufen wurden.

Die Mitglieder unseres Ärzteteams wechselten sich im Bereitschaftsdienst ab. So war auch ich manchmal an der Reihe, Erwachsene zu untersuchen, zu verarzten oder zu trösten. Ich tat es nicht sehr gerne. Wenn man an lebhafte Kinder gewöhnt ist, deren Körper sich im Wachstumsprozeß befinden, fällt es schwer, sich mit Leuten zu befassen, die über dieses Stadium längst hinaus sind.

Am 28. Februar 1960 feierte ich meinen 37. Geburtstag. Ich bat Marga, mir anstelle irgendwelcher Kinkerlitzchen für meine Wohnung oder für die Praxis eine Bibel zu schenken — ein ziemlich ungewöhnliches Geburtstagspräsent. Ich wollte eine Bibel, aber das Alte wie das Neue Testament. Das bedeutete nicht, daß ich an das, wovon im Neuen Testament die Rede war, glauben wollte. Aber ich gedachte mich damit auseinanderzusetzen. Es war Zeit, daß ich meinen jüdischen Glauben festigte. Marga besaß schon eine Bibel und las darin, und mein Schwager Erik fand sie fesselnd und seltsam. Er war entsetzt über manches, was die großen israelischen Könige getan hatten.

Ich fing mit dem 1. Buch Mose an und las Seite um Seite. Zwischendurch warf ich immer mal einen Blick ins Neue Testament. Jedesmal, wenn ich das tat, bot mir das Wort eines meiner früheren Lehrer eine befriedigende Rechtfertigung dafür: „Sie können nicht in die Irre gehen, wenn Sie die Wahrheit suchen." Und das tat ich ja auch. Ich suchte nichts Besonderes in dem anderen Bibelteil, der mit Matthäus begann. Denn nur ein Verrückter konnte annehmen, daß ich mit dem Gedanken spielte, Christin zu werden. Ich war fest überzeugt, daß der orthodoxe jüdische Glaube allein richtig war. Nur hielt ich mich für unfähig, seinen Idealen und Vorschriften nachzukommen. Aber ich wollte ganz einfach mit Gott klar kommen.

Zu meiner Bibellektüre kamen wöchentliche Besuche im Emmanuel-Tempel. Ich genoß die Predigten des Rabbi und die vielen Schriftverse, die in unseren Gebeten vorkamen.

Sehr beeindruckte mich auch die Inschrift über dem Eingang zum Gebetsraum im Tempel: „Ihr werdet mich suchen und finden; denn wenn ihr mich von ganzem Herzen suchen werdet, so will ich mich von euch finden lassen" (Jer. 29, 13).

In meinem Bibelstudium war ich inzwischen bei Jesaja angekommen. Er hatte viel zu sagen. „Darum wird auch der Herr selbst euch ein Zeichen geben: Siehe, eine Jungfrau ist schwanger und wird einen Sohn gebären, den wird sie nennen Immanuel" (Jes. 7, 14). Eine Jungfrau? Ich war mehr als erstaunt. Was tat dies Wort in diesem Zusammenhang im Alten Testament? Bei Jesaja? Meine gelegentlichen Streifzüge ins Matthäus-Evangelium, die ich bloß aus Neugier unternahm, hatten mich mit den Vorstellungen der Christen über die Herkunft Jesu vertraut gemacht. Ich hatte meinen nichtjüdischen Freunden, wenn die Sprache darauf kam, immer erklärt, daß wir alle Gottes Kinder seien und daß Jesus nicht mehr ein Sohn Gottes gewesen sei, als ich eine Tochter Gottes bin.

Ein anderer Vers aus dem Jesajabuch sprang mich wenig später an: „Uns ist ein Kind geboren, ein Sohn ist uns gegeben, und die Herrschaft ruht auf seiner Schulter; und er heißt Wunder-Rat, Gott-Held, Ewig-Vater, Friede-Fürst." Ganz offenbar ging es hier um die Hoffnung auf den Messias.

Beim Passahfest, dem Erinnerungstag an Gottes Führung, als die Juden damals der harten Hand des Pharao entkamen, pflegte ich die Tür unseres Hauses zu öffnen. Für Elia! Den Propheten, der wiederkommen und die Ankunft des Messias verkünden sollte, unseres großen Königs, der Frieden bringen und unsere Feinde besiegen würde. Diese Zeremonie war für mich etwas ganz Reales. Ich erwartete tatsächlich das Kommen des Messias.

Im Frühling 1961 kamen meine Eltern zu mir zum Passahmahl. Als die Zeit da war, die Tür für Elia zu öffnen, bestimmte meine Mutter: „Laß aber die Kette vor!"

„Wie kannst du erwarten, daß der Messias hereinkommt, wenn die Kette davor ist?" fragte ich.

Wir lachten dann darüber. Selbst in unserer sehr nebelhaften Vorstellung vom Messias und seiner Macht wußten wir, daß ihn eine Kette nicht aufhalten würde, wenn er wirklich hereinkommen wollte. Und doch hatte ich das Gefühl, wenn ich die Tür öffnen würde, müßte ich sie ganz öffnen und nicht nur ein bißchen. Jedes Jahr wartete ich darauf, daß er kam.

Und er kam. Auf dem Weg über Jesaja 53. Ich konnte es kaum fassen! Dieses ganze Kapitel sprach offenbar nur von ihm. Die Beschreibung durchbohrte mein Herz, und ich rief laut: „Ja, er ist es!"

Langsam blätterte ich zum Anfang zurück und las die Sätze noch einmal:

> „Aber wer glaubt dem, was uns verkündet wurde, und wem ist der Arm des Herrn offenbart? Er schoß auf vor ihm wie ein Reis und wie eine Wurzel aus dürrem Erdreich. Er hatte keine Gestalt und Hoheit. Wir sahen ihn, aber da war keine Gestalt, die uns gefallen hätte. Er war der Allerverachtetste und Unwerteste, voller Schmerzen und Krankheit. Er war so verachtet, daß man das Angesicht vor ihm verbarg; darum haben wir ihn für nichts geachtet.
>
> Fürwahr, er trug unsere Krankheit und lud auf sich unsere Schmerzen. Wir aber hielten ihn für den, der geplagt und von Gott geschlagen und gemartert wäre.

Aber er ist um unserer Missetat willen verwundet und um unserer Sünde willen zerschlagen. Die Strafe liegt auf ihm, auf daß wir Frieden hätten, und durch seine Wunden sind wir geheilt. Wir gingen alle in die Irre wie die Schafe, ein jeder sah auf seinen Weg. Aber der Herr warf unser aller Sünde auf ihn. Als er gemartert ward, litt er doch willig und tat seinen Mund nicht auf wie ein Lamm, das zur Schlachtbank geführt wird; und wie ein Schaf, das verstummt vor seinem Scherer, tat er seinen Mund nicht auf.

Er ist aus Angst und Gericht hinweggenommen. Wer aber kann sein Geschick ermessen? Denn er ist aus dem Lande der Lebendigen weggerissen, da er für die Missetat meines Volkes geplagt war.

Und man gab ihm sein Grab bei Gottlosen und bei Übeltätern, als er gestorben war, wiewohl er niemand Unrecht getan hat und kein Betrug in seinem Munde gewesen ist. So wollte ihn der Herr zerschlagen mit Krankheit. Wenn er sein Leben zum Schuldopfer gegeben hat, wird er Nachkommen haben und in die Länge leben, und des Herrn Plan wird durch seine Hand gelingen.

Weil seine Seele sich abgemüht hat, wird er das Licht schauen und die Fülle haben. Und durch seine Erkenntnis wird er, mein Knecht, der Gerechte, den Vielen Gerechtigkeit schaffen; denn er trägt ihre Sünden.

Darum will ich ihm die Vielen zur Beute geben, und er soll die Starken zum Raube haben, daß er sein Leben in den Tod gegeben hat und den Übeltätern gleichgerechnet ist und er die Sünde der Vielen getragen hat und für die Übeltäter gebeten."

Die Schlüsse, die ich als Jüdin aus diesem Kapitel ziehen mußte, quälten mich. Dann kam mir mitten in meiner Verwirrung ein glücklicher Gedanke: Ich las ja die King James-Übersetzung, eine protestantische Bibel! Sicher war sie irgendwie zurechtgemacht. An diesem Abend legte ich mich mit dem Gedanken schlafen, daß ich die Christen bei keinem allzu klugen Trick ertappt hatte.

Am Freitagabend ging ich zum Gottesdienst in den Tempel, schnappte mir eine jüdische Bibel in der richtigen Übersetzung und schlug begierig Jesaja 53 auf. Es war dieselbe Botschaft! Einige unbedeutende Worte lauteten etwas anders. Der vermeintliche „Trick" erwies sich als Fehlanzeige.

Dann startete ich ein Experiment, indem ich die Stelle meinem Vater zeigte. Ich wollte wissen, ob ihm beim Lesen dasselbe widerfahren würde wie mir. Aber er hatte keinen blassen Schimmer von der Bedeutung dessen, was ich ihm da zeigte.

Ich erinnerte mich daran, bei einem meiner schnellen, kurzen Ausflüge ins Neue Testament bei Matthäus gelesen zu haben, daß Jesus den Propheten Jesaja zitiert: „Und ich hörte die Stimme des Herrn, wie er sprach: Wen soll ich senden? Wer will unser Bote sein? Ich aber sprach: Hier bin ich, sende mich! Und er sprach: Geh hin und sprich zu diesem Volk: Höret und verstehet's nicht; sehet und merket's nicht!" (Jes. 6, 8. 9).

Jesus war mir so fremd, wie ein Marsbewohner es sein würde, wenn es ihn gäbe. Aber einem Marsbewohner gegenüber konnte man neutral sein. Doch was Jesus betraf und die Möglichkeit, daß er wirklich der Messias, der Christus war, so überkam mich ein derartig unbehagliches Gefühl, daß ich es fast selbst nicht begriff. Ich wußte nur, daß ich mehr als genug gehabt hatte von vertierten, grinsenden Männern, die für mich diesen Jesus repräsentierten. Alle waren sie Christen gewesen, vom Stacheldraht bis zur Gaskammer. – Nein, irgend etwas stimmte nicht. Ich würde herausfinden, wo der Fehler lag, womit Jesaja mich zum Narren hielt! Ich mußte es finden!

Meine Praxis ging gut. Neue Patienten kamen. Ich hatte viel zu tun. Am 17. Mai 1960 wurde der kleine Tommy geboren. Sein Geburtsdatum erfuhr ich natürlich erst später, als Lisa Palmer, seine Adoptivmutter, anrief und fragte, ob ich Tommy ärztlich betreuen wolle. Wir machten einen Termin aus. Als Frau Palmer kam, brachte sie außer Tommy auch ihren Gatten mit. Sie war eine sehr angenehme junge Frau. Bald fand ich heraus, daß Milton Palmer, Tommys stolzer „Vater", zweiter Pastor an der Baptistenkirche in Tujunga war.

Wie seltsam, dachte ich. Schon mehrfach hatte ich Kinder von Pastoren und Missionaren behandelt, aber ihre Eltern waren gar nicht wie diese beiden. Ich fühlte mich sogleich zu Lisa hingezogen. Sie erklärte mir, daß sie in den vierzehn Jahren ihrer Ehe vergeblich versucht hätten, ein Kind zu bekommen. Es schien nicht Gottes Wille zu sein. So hatten sie Gott gebeten, ihnen einen kleinen Jungen zu schicken. Ihr Gebet fand Erhörung in der Gestalt von Tommy.

Anfang November 1961 luden mich die Palmers ein, mit ihnen das Wochenende im Haus von Pastor Palmers Bruder in Lake Arrowhead zu verbringen. Meine Sprechstundenhilfe war überrascht, daß ich einen meiner Grundsätze beiseite schob und mit Patienten gesellschaftlich verkehrte. Sie fragte, warum ich die Einladung angenommen habe.

„Nun — sie sind so nett!"

Was sollte ich sagen? Da die Palmers nicht viel Geld hatten, schrieb ich ihnen keine großen Rechnungen oder berechnete überhaupt nichts. Wenn sie sich dafür nun erkenntlich zeigen wollten, warum nicht? Worauf es schließlich hinauslief, war einfach dies, daß ich mit ihnen sehr gern ein Wochenende verlebte. Meine Sprechstundenhilfe und ihr Mann waren auch eingeladen.

Zu jener Zeit war ich mir nicht klar, ob sie wußten, daß ich Jüdin war. Während der zwei Tage, die wir zusammenwaren, sprachen Sie nicht über ihren Glauben. Ich erzählte ihnen von meiner Zeit im Konzentrationslager für den Fall, daß sie noch Zweifel an meiner Herkunft hegen sollten. Auch auf meine Bibellektüre lenkte ich ihre Aufmerksamkeit, denn ich wünschte ihnen klarzumachen, daß auch ich religiös war. Nach diesem Wochenende wurden wir schnell Freunde. Kurze Zeit später nahmen die Palmers in meiner Wohnung an einer von mir in hektischer Eile zubereiteten Mahlzeit teil. Wenn man allein steht, ist man an einen eiligen Imbiß gewöhnt, nicht an ein Essen mit mehreren Gängen. So war alles eine rechte Hetze für mich. Nachdem wir am Tisch Platz genommen hatten, bat ich sie, mit dem Essen zu beginnen, während ich in der Küche noch einige Dinge fertig machte. Ich wartete darauf, daß sie zunächst das Tischgebet sprachen und blickte von einem zum andern, aber keiner sagte etwas. Sie dachten, in meinem eigenen Heim würde mich das verletzen. Als ich später Lisa meine Enttäuschung darüber anvertraute, meinte sie: „Oh, ich werde es Milton sagen, daß Sie ein Tischgebet erwartet haben. Er wird darüber glücklich sein."

Meine erste Möglichkeit, sie in ihrem Heim zu besuchen, hatte ich im Dezember. Lisa versprach mir zu zeigen, wie man Kissen herstellt. Ich plante, sie Mutter zu Chanuka zu schenken. Während wir uns Muster ausdachten und Nadeln einfädelten, wurde mir klar, daß ja ein Pastor im Hause war, der meine religiösen Fragen vielleicht beantworten konnte. Also fragte ich Milton, wie man wissen könne, welche Religion die rechte sei, denn man würde doch in eine bestimmte Religion einfach hineingeboren. Und man könne meiner Meinung nach nur sein Bestes tun, um aus ihr den größtmöglichen Gewinn zu ziehen.

Es dauerte eine Weile, ehe Milton antwortete. Dann sagte er einfach: „Ich wußte es, als ich den Messias als meinen persönlichen Erlöser annahm!"

Das war erstaunlich! Ich hatte immer geglaubt, religiöse Judenjungen seien zu Rabbis und religiöse Christenjungen zu Pastoren bestimmt. Ich hatte keine Ahnung, daß ein Mensch wie Milton den Messias persönlich annehmen konnte, nachdem er schon erwachsen war.

Als ich mich wenig später einmal mit Lisa am Telefon unterhielt, legte sie den Hörer nieder, und Milton nahm ihn auf. „Ich habe über Sie nachgedacht, Vera, und glaube, Sie sollten das Lukasevangelium und den Römerbrief lesen. Lukas war Arzt und schrieb einen objektiven Bericht, genauso objektiv, wie Sie Eintragungen auf einer Karteikarte von einem Patienten vornehmen. Und im Römerbrief haben wir es mit einer guten Beweisführung zu tun, deren Logik oft von Jurastudenten untersucht wird."

Was wollte er mir damit sagen? Ich hatte meinen neuen Freunden deutlich zu verstehen gegeben, daß ich die Bibel las. Wenn sie mich besuchten, lag sie immer sichtbar da. Was meinte er also damit?

Es war an einem Sonntagnachmittag im Februar 1962. Ich war wieder einmal zu Besuch bei den Palmers. Da fragte mich Milton, ob ich Lust hätte, am Abend mitzugehen, er würde über den ersten Psalm predigen. Das klang recht interessant.

Ich meinte, Gott ebenso in einer Kirche wie in einer Synagoge anbeten zu können. Außerdem war ich natürlich neugierig, was sich in einer Kirche abspielte. Milton, der bei mir ein leichtes Zögern bemerkte, las mir den Psalm vor, um zu beweisen, wie „harmlos" er sei: „Wohl dem, der nicht wandelt im Rat der Gottlosen noch tritt auf den Weg der Sünder noch sitzt, wo die Spötter sitzen, sondern hat Lust am Gesetz des Herrn und sinnt über seinem Gesetz Tag und Nacht!

Der ist wie ein Baum, gepflanzt an den Wasserbächen, der seine Frucht bringt zu seiner Zeit, und seine Blätter verwelken nicht. Und was er macht, das gerät wohl.

Aber so sind die Gottlosen nicht, sondern wie Spreu, die der Wind verstreut. Darum bestehen die Gottlosen nicht im Gericht noch die Sünder in der Gemeinde der Gerechten. Denn der Herr kennt den Weg der Gerechten, aber der Gottlosen Weg vergeht."

Miltons Predigt war eindrucksvoll. Er beschrieb lebhaft den Weg der Gottesfürchtigen und das Ende der Gottlosen. Dann zitierte er Jesus in Johannes 14, 6: „Ich bin der Weg und die Wahrheit und das Leben; niemand kommt zum Vater denn durch mich."

Am Ende der Predigt wurde mir klar, daß er mich zu den „Gottlosen" zählte, weil ich nicht an Jesus glaubte. Das ärgerte mich sehr. Wir waren befreundet, und er wußte, daß ich Jüdin war. Warum mußte er das sagen? Ein guter Freund, der mich „Spreu im Wind" nannte!

Ich sagte ihm kurz angebunden Lebewohl. „Sie werden nun auch einmal mit mir in die Synagoge kommen müssen."

„Das will ich gern tun."

Die Worte seiner Predigt quälten mich Tag und Nacht. Ich konnte sie nicht aus meinen Gedanken verbannen. An jedem Abend bat ich Gott, mir zu zeigen, ob Jesus wirklich der Messias sei. So, wie ich es seltsam fand, Maria anzurufen, um zu Jesus zu gelangen, fand ich es einfach närrisch, zu Jesus zu beten, um zu Gott zu gelangen. Mein ganzes Leben hindurch hatte ich mich unmittelbar an Gott gewandt, und er hatte meine Gebete erhört und mir inneren Frieden geschenkt. In mir war so etwas wie eine jüdische Abneigung gegenüber Mittelsmänner.

Ich wandte mich wieder meiner Bibel und dem jüdisch-orthodoxen Gebetbuch zu, das ich 1943 bekommen hatte. Es hatte all die Jahre überlebt und enthielt eine englische Übersetzung. Um meinen jüdischen Glauben noch besser zu erfassen, betete ich jeden Morgen und jeden Abend nach diesem Buch.

Das Morgengebet schloß dreizehn Glaubensartikel ein, die jeder Jude fest glauben und täglich aufsagen sollte. Der eine lautete: „Ich glaube von ganzem Herzen, daß alle Worte der Propheten wahr sind." Auch Jesaja? dachte ich.

Das Buch enthielt auch Gebete über Gerechtigkeit und Sünde, die mich verunsicherten. So las ich: „Gott, du Gott unserer Väter, mögen unsere Gebete zu dir aufsteigen. Wende dich nicht ab von unserem Flehen! Denn wir sind nicht so schamlos oder so verhärtet in deiner Gegenwart, du Ewiger, zu erklären, daß wir gerecht sind und nicht gesündigt haben."

Da hatte ich es!

„Wir bekennen in Wahrheit, daß wir gesündigt haben." In diesem Gebet wurden dann verschiedene Sünden aufgezählt. Danach ging es folgendermaßen weiter: „Möge es vor dir angenehm sein, o Ewiger, unser Gott und der Gott unserer Väter, uns alle unsere Sünden zu verzeihen und uns unsere Ungerechtigkeiten zu vergeben und uns Nachlaß aller unserer Übertretungen zu gewähren." Das wurde seitenlang fortgesetzt und dabei die vielerlei Arten aufgeführt, in denen ein Mensch bewußt oder unbewußt gegen Gott sündigt. Zum Schluß wurde jedesmal wiederholt: „Doch all dies, o Gott der Vergebung, verzeihe uns und gewähre uns Nachlaß."

Im Grunde fühlte ich mich noch immer sehr gerecht, weil ich keine der schweren Sünden begangen hatte, die in diesem Gebet aufgezählt wurden. Daß ich den Sabbat nicht hielt und die Speisevorschriften nicht beachtete, beunruhigte mich indessen doch etwas.

Jahrelang hatte ich mich gefragt, was es bedeutete, in das „Buch des Lebens" eingetragen zu werden. Alle Menschen mußten doch sterben. Bezog sich das „Buch des Lebens" etwa auf ein Leben nach dem Tod?

Im Frühjahr 1962 machte ich die schriftliche Prüfung zur staatlichen Anerkennung als Kinderärztin. Dazu muß man auf jedem medizinischen Gebiet über Wissen und Erfahrung verfügen. Meine mündliche Prüfung sollte im Herbst folgen.

Ein Arzt unserer Gruppe zog mit seiner Praxis in ein anderes Gebäude. Er ermutigte mich ebenfalls dazu. Am 1. März 1962 folgte ich ihm und teilte nun die Praxis mit einem anderen Kinderarzt in Glendale. Unsere Praxisräume waren aber vollkommen getrennt.

Pastor Palmer hatte eine Berufung an eine Gemeinde in Lake Arrowhead erhalten. Am letzten Sonntag, den die Palmers in Tujunga verbrachten, beschloß ich, an Miltons Abschiedsgottesdienst teilzunehmen. In seiner Predigt legte er ein Zeugnis ab. Er schien einen völlig anderen Mann zu beschreiben, als er erzählte, wie er immer vom frühen Morgen bis zum späten Abend getrunken habe. Doch eines Tages sei er auf die Knie gefallen und habe den Herrn gebeten, in sein Leben zu treten und aus ihm einen neuen Menschen zu machen. Als ein völlig verwandelter Mann sei er aufgestanden, der ab sofort kein Verlangen mehr nach Alkohol verspürt habe. Mich beeindruckte dieses Zeugnis sehr.

Zwei Wochen später besuchte ich die Palmers am neuen Ort. Ich blieb über Nacht und ging aus Höflichkeit in den Sonntagmorgen-Gottesdienst. Jedesmal, wenn Milton den Namen Jesus nannte, sagte ich innerlich: „Schma Israel, adonai elohaynu, adonai eschad! Höre Israel, der Herr ist dein Gott, der Herr ist nur einer.“ Das ging ausgezeichnet.

An jenem Wochenende unterhielt ich mich wieder einmal mit Lisa über religiöse Fragen. Ich sagte ihr, daß ich Jesus nicht brauche. Ich hätte mein ganzes Leben lang zu Gott gebetet, und er habe mich immer erhört. Meine Verbindung zu Gott sei unmittelbar, sozusagen zollfrei! Lisa stand starr da, sah mir in die Augen und erklärte: „Vera, der Herr hat seine Hand auf dich gelegt!“

Von ihrem winzigen Heim aus begab ich mich in Miltons Büro in der Kirche.

„Das ist wirklich interessant“, begann der Pastor. „Ich habe gerade ein Buch über Abraham zu Ende gelesen. Denken Sie nur, Vera, Gott berief Abraham und sagte ihm, er solle seine Familie verlassen und auswandern. Und was tat Abraham? Er schleppte seine Familie mit. Den ersten Teil des Weges ging er mit seinem Vater, dann nahm er seinen Neffen mit. Erst als er seine Familie hinter sich ließ, konnte Gott ihn segnen.“

Wie konnte Milton wissen, was mich beunruhigte? Wie kam es, daß er das gerade zu dieser Zeit erwähnte? Wie wußte er von meinem Hauptproblem?

Er gab mir eine Ausgabe des Neuen Testaments, in der alle Schriftstellen, die sich auf alttestamentliche Prophezeiungen bezogen, fett gedruckt waren. Vorne im Buch stand ein

Gebet: „In Dankbarkeit für das Geschenk dieses Buches will ich es auch lesen und Gott bitten, mir die Wahrheit zu zeigen." Auf der anderen Seite stand folgendes einfaches Gebet: „O Gott Abrahams, Isaaks und Jakobs, laß mich beim Lesen dieses Buches die Wahrheit erkennen und hilf mir, dem Licht zu folgen, das du mir gibst. Amen." Ich sprach dieses Gebet, als ich mich an das Neue Testament heranwagte. –

Es war Ende Juni 1962. Eine Krankenschwester, die seit einer Woche in meiner Praxis arbeitete, fuhr mit mir zu den Palmers. Sie stammte aus Lake Arrowhead und war gerade zum Glauben an Jesus Christus gekommen. Während der Fahrt sang sie das bekannte Lied: „Du großer Gott, wenn ich die Welt betrachte..." Ich hätte die erste Strophe auch mitsingen können, da sie keinen unmittelbaren Bezug auf Jesus enthält, doch kannte ich es damals noch nicht.

Milton begrüßte uns herzlich. Nachdem wir uns ein wenig ausgeruht hatten, fragte er, ob ich Lust zu einem Gespräch hätte. Obwohl wir inzwischen gute Freunde waren, hatte ich immer das Gefühl, daß ein Gespräch mit Milton eine riskante Sache war. Ich fragte zunächst, ob ein Jude die jüdischen Festtage aufgeben müsse, wenn er Jesus als den Messias annehme. Und wenn Christen auch dem Alten Testament glaubten, wie er behauptete, warum hielten sie dann nicht die jüdischen Feiertage?

Er erklärte, daß das Neue Testament eine Fortsetzung und eine Erfüllung des Alten Testaments sei. In Matthäus 5, 17 habe Jesus gesagt: „Ihr sollt nicht wähnen, daß ich gekommen bin, das Gesetz oder die Propheten aufzulösen; ich bin nicht gekommen, aufzulösen, sondern zu erfüllen."

Milton meinte, wenn ich einmal den Messias angenommen und dann immer noch das Verlangen hätte, die jüdischen Feiertage zu halten, so sollte ich es tun. Vielleicht würde ich aber entdecken, daß, obwohl eine Sechzig-Watt-Lampe ein Zimmer durchaus erhellen kann, das Licht einer Zweihundert-Watt-Birne sie weit in den Schatten stellt.

Ich fragte Milton auch über den Vers aus: „Bittet und ihr

werdet empfangen." Ich hatte von einem Mann gelesen, der um Heilung seines Klumpfußes gebetet hatte. Ich fand das schrecklich. Wie konnte ihn jemand gelehrt haben, so etwas zu beten, da er doch ganz bestimmt eine Enttäuschung erleben mußte! Als Ärztin wußte ich, daß ein Klumpfuß unheilbar ist. So etwas verschwand nicht über Nacht. Milton zeigte mir im ersten Johannesbrief den Vers: „Und das ist die Zuversicht, die wir haben zu ihm, daß, wenn wir etwas bitten nach seinem Willen, so hört er uns" (Kap. 5, 14).

Ach, so war das! „Nach seinem Willen" mußte es sein! Eine letzte Frage bewegte mich noch. Wer war nun eigentlich Gottes Kind? Nur Jesus als der Sohn Gottes – nur die Juden oder nur die Christen? Milton blätterte wieder in der Bibel und las Galater 3, 26 vor: „Denn ihr seid alle Gottes Kinder durch den Glauben an Jesus Christus."

Das war die Einschränkung und eine nähere Bestimmung zugleich. Plötzlich fügten sich für mein Verständnis verschiedene Teile des „Puzzlespiels" zusammen – gewiß unter dem Einfluß von Gottes Wort und Gottes Geist. Alles ergab plötzlich einen Sinn. Ich erzählte Milton von meinen Erfahrungen mit *Gam zu leṭobā*, dem jüdischen Ausdruck dafür, daß alle Dinge zum Besten dienen müssen.

Wieder wandte er sich der Schrift zu. Hatte der Herr je etwas vergessen? „Wir wissen aber, daß denen, die Gott lieben, alle Dinge zum Besten dienen, denen, die nach dem Vorsatz berufen sind" (Römer 8, 28).

Ich war überrascht. Nach drei Stunden geistlichen Gesprächs, bei dem mir klar wurde, daß Gott mich liebte und sich mir gegenüber festgelegt hatte, stellte Milton die unausweichliche Frage: „Vera, möchten Sie Christus annehmen?"

„Nein, noch nicht."

Ich hatte mir vorgenommen, keine übereilte Entscheidung zu treffen. Vier Monate hatte ich darüber gebetet, in denen ich ständig Gottes Führung erlebte und die Bibel las, aber ich wollte nichts überstürzen! Milton drängte und bohrte nicht weiter. Er sagte kein Wort mehr.

Milton und Lisa gingen an diesem Abend aus. Ich paßte derweil auf Tommy auf. Ich stellte mir vor, daß er vielleicht gern ein christliches Lied hören würde. So sang ich: „Jesus liebt mich ganz gewiß", was meine Tante Debbie einst für Marga gesungen hatte.

Als ich zu Bett ging, betete ich: „Gott, zeige mir, ob dieser Jesus der jüdische Messias ist und ob du willst, daß ich an ihn glaube." In mir tobte eine Schlacht. Dann fiel ich in einen tiefen Schlaf. Um sechs Uhr wachte ich auf und hörte statt des Radios eine leise, ruhige Stimme, die zu mir sprach: „Vera, richte dich nach der Wahrheit, die ich dir gezeigt habe, und vergiß alle deine Einwände: deine Eltern, deine Freunde, all die Dinge, die du mir in den Weg gestellt hast. Ich werde mich um all das kümmern. Glaube, was ich dir gezeigt habe."

Es war der 1. Juli 1962. Wie ein Schaf zu seinem Hirten läuft, so lief ich zu meinem geistlichen Hirten. Er durchbrach alle Schranken des Zweifels und der Tradition. Voller Freude übergab ich ihm mein Leben, Jesus, meinem Messias!

Ich traf Lisa. Zum erstenmal grüßte ich sie als meine Schwester im Herrn. Ich legte ihr den Arm um die Schulter: „Ich gehöre jetzt zu euch!"

Milton war bereits in die Kirche gegangen, um den Sonntagmorgen-Gottesdienst vorzubereiten. Als später die Versammlung begann, verkündete er, daß wir das Abendmahl feiern würden. Dabei betonte er, daß nur die es nehmen dürften, die Christus als ihren persönlichen Erlöser angenommen hätten. Ich nahm daran teil.

Friede und Freude überströmten mich, die nicht von dieser Welt waren. Dann wurde mir klar, daß ich meine Religion gar nicht geändert hatte, daß ich nicht konvertiert hatte. Sie war nur vollendet worden. Ich hatte den verheißenen Messias erkannt und glaubte auch an ihn.

Ich fühlte mich richtig zu Hause, als einige Gemeindeglieder mich umarmten und willkommen hießen als eine, die zum Glauben gekommen war. Ich sagte ihnen, ich wolle mich ihrer Kirche anschließen, obgleich ich nicht wußte, was dies nach sich ziehen würde.

Etwa zwei Monate später, als Lisa mich einmal zur Stadt zurückfuhr, erwähnte sie etwas, was mich im tiefsten Herzen traf. Sie befragte mich über meine Haltung gegenüber den Deutschen. In der Vergangenheit hatten immer wieder Leute versucht, mich mit ehemaligen Landsleuten bekanntzumachen, aber ich wollte nicht; denn ich betrachtete mich nicht mehr als Deutsche. Jedesmal, wenn ich einen Deutschen traf, wollte ich ihn zur Rede stellen. Diejenigen, die in meinem Alter waren, gaben vor, an allen Greueltaten unschuldig zu sein. Sie verteidigten sich und machten Ausflüchte. Ich mied den Umgang mit ihnen.

Lisa meinte, meine Haltung gefiele Gott nicht. Sie sagte, Rache sei nicht unsere, sondern Gottes Angelegenheit. Wir müßten vielmehr seine Liebe durch uns auf andere weiterströmen lassen. So sank ich denn auf meine Knie und bat den Herrn, den tief eingewurzelten Haß, den ich gegen das deutsche Volk empfand, wegzunehmen. Mir war, als wenn eine große Bürde von mir genommen würde. An die Stelle des Hasses trat nun Liebe und Anteilnahme. Gott weiß es. Und nur er konnte dies fertigbringen!

Marga, der ich es als erste mitteilte, kochte vor Wut. Sie regte sich nicht so sehr darüber auf, daß ich meinen Glauben gewechselt hatte. Das war ihr ziemlich gleich. Aber sie war wütend, daß ich nun — wie sie sagte — eine Frömmlerin geworden sei und mich nicht mehr mit dem jüdischen Volk identifiziere. Ich war entsetzt. War das ihre Vorstellung vom Christentum? Dennoch durfte ich mich nicht beklagen, weil ich ganz ähnliche Gefühle gehegt hatte, ehe ich nach Gottes Gedanken und Willen fragte.

Dies war zwei Wochen nach meiner Glaubensentscheidung. Marga verlangte mein Versprechen, daß ich entweder den Eltern davon erzählte, während sie selbst noch zu Besuch in Los Angeles war, oder aber überhaupt ihnen meine Hinkehr zum Christentum verschwieg, um sie zu schonen. Ich aber wollte nicht, daß Marga zugegen war, wenn ich es ihnen sagte, da ich Margas Gegnerschaft fürchtete. Obwohl ich sicher war, das Richtige getan zu haben, war ich nicht sicher, ob die Begründung für meinen Schritt unter ihren Angriffen nicht zusammenbrechen würde. Aber ich konnte auch nicht versprechen, überhaupt nichts davon zu sagen. Es ist schwer, über eine göttliche Herztransplantation zu schweigen. Trotzdem — ich sagte nichts.

Nachdem ich Marga an einem Freitag zum Zug nach Texas gebracht hatte, setzte ich meine Eltern an der Bushaltestelle ab. Ich dachte, wir würden fünfzehn bis zwanzig Minuten Zeit haben, ehe der Bus kam. Ich wollte dann mit meinem Wagen sofort zu einem Wochenende an den See zu Palmers weiterfahren. Mein Plan war es, ihnen schnell während der Wartezeit auf den Bus zu erzählen, was mit mir geschehen war. Zwei Neue Testamente in der Ausgabe, in der die Prophezeiungen herausgestellt waren, brannten in meiner Handtasche. Ich wollte ihnen die Neuen Testamente überreichen und dann schnell mit dem Auto flüchten mit der Erklärung: wir würden über alles sprechen, wenn ich zurückkäme.

Doch der Bus kam sofort. Vater stieg bereits ein, während Mutter noch zögerte, um mir Lebewohl zu sagen.

„Hier, das habe ich für euch! Ich möchte, daß ihr es lest! Wir wollen darüber sprechen, wenn ich vom See zurückkomme. Wiedersehen!"

Vielleicht war das eine recht grausame Methode, um sie zu informieren, aber es gab keinen schonenderen Weg. Während der ganzen Zeit machte ich mir Sorgen. Vielleicht bekam Vater auf dem Heimweg einen Herzanfall. Er lebte bereits zwei Jahre länger, als ihm der Arzt in Texas vorausgesagt hatte.

Voller Furcht rief ich sie am Samstagabend an. Ich bat das Fräulein vom Amt, mich zu verständigen, wenn die drei Minuten um waren. Vater war nicht zu Hause, aber Mutter fing sofort davon an, nachdem wir ein paar einleitende Worte getauscht hatten: „Was hast du mit dem beabsichtigt, was du uns gabst?"

„Ich glaube es und möchte, daß ihr es auch lest."

„Hast du dich dieser Kirche angeschlossen?"

„Das spielt keine Rolle. Ich glaube —"

„Hast du dich der Kirche angeschlossen?"

„... daß Jesus der Messias ist."

„Aber du bist der Kirche beigetreten?"

„Mutter, die Hauptsache ist, daß ich an Jesus als an meinen Erlöser glaube."

„Aber hast du —"

„Drei Minuten sind um!"

„Danke, Fräulein! Okay, Mutter, Auf Wiedersehen!"

O weh, sie begriffen nichts! Ich an ihrer Stelle würde auch aufgebracht gewesen sein. Vater kam nach Hause und rief mich an. Er ließ mich nicht mit einem Dreiminutengespräch davonkommen. Nachdem er dieselben Fragen wie Mutter gestellt hatte, wollte er mit Herrn Palmer sprechen.

„Ich bin sicher, daß er sich sehr gern mit dir unterhalten wird", sagte ich ruhig, „aber er ist nicht zu Hause. Möchtest du, daß er dich anruft?"

Das bejahte Vater. Dann machte er noch eine Bemerkung über meinen Glauben, ehe er aufhängte: „Wenn du willst, daß ich sterbe, dann mach nur so weiter!"

Meine Hand ruhte immer noch auf dem Telefonhörer, als ein junges Paar die Wohnung der Palmers betrat — voll übersprudelnder Freude und Begeisterung wie ein jedes junge Paar, das sich gerade verlobt hat. Das Mädchen zeigte mir seinen prächtigen Ring. Ich nickte. „Der ist hübsch." Meine Apathie muß sie etwas entsetzt haben. Sie suchten Lisa. Ich bat sie, Lisa sofort nach Hause zu schicken, falls sie in der Kirche sei. Lisa kam sofort. Ich erzählte ihr alles, und wir beteten zusammen. Es wurde meine erste wirkliche Erfahrung mit dem Gebet. Mir war es, als stiege ich, aus einer frostigen Nacht kommend, in ein geheiztes Schwimmbecken. Gelassenheit und Friede erfüllten mich mehr und mehr. Zum Schluß schwamm ich gleichsam in einem Meer göttlicher Ruhe.

Das Feuerwerk ging am Montag los, als Milton meinen Eltern in Los Angeles gegenüberstand. Sie klagten ihn an und sagten, er sei an allem schuld, er habe mich zu dieser schrecklichen Entscheidung gedrängt.

Sie bestanden darauf, mit mir zu sprechen. So fuhren mich Lisa und Milton am Dienstag in die Stadt und holten mich am Mittwoch wieder ab. Ich hatte nämlich vor, eine Woche bei ihnen zu bleiben.

Ich versuchte, meinen Eltern meinen Entschluß begreiflich zu machen, doch ohne Erfolg!

Der Juli war ein sehr bewegter Monat. Marga bat mich, nach San Antonio zu kommen. Ich sollte mit unserem alten Rabbi sprechen. Ich erfüllte ihren Wunsch.

Mein früherer geistlicher Lehrer bezog sich auf Marilyn Monroe und deutete an, daß ich eine einsame, unbefriedigte und verwirrte Frau sei, die eine Krücke brauche. Er drückte es ziemlich verletzend aus.

„Nehmen Sie die Bibel wörtlich?"

„Ja."

„Aber das können Sie doch nicht!"

„Das habe ich immer getan. Wenn Sie anders denken, haben wir keine gemeinsame Grundlage mehr für eine Diskussion."

Der Rabbi drohte, ich würde aus meiner Familie, von meinen Freunden und dem jüdischen Volk ausgestoßen werden und kam zu folgendem Schluß: „Glauben Sie nicht, daß Sie einen Psychiater brauchen?"

„Nein."

„Ich denke doch! Lassen Sie mich einen Freund fragen!"

Er sah ein paar Telefonnummern durch, nahm den Hörer ab und rief einen Freund an. Der Rabbi erklärte ihm einiges über die Frau, die bei ihm war und fragte, ob der Psychiater am Samstagnachmittag etwas freie Zeit hätte. Er hatte sie.

Wie wunderbar!

Was für ein Theater! Doch ich ging hin. Der Psychiater stand da, zog die Vorhänge zu und schlug vor, daß ich erst einmal ruhte. Er sah, wie müde ich war, und schloß hinter sich die Tür.

Ich aber kniete auf dem Plüschteppich nieder und befahl alles Gott an. Er beantwortete meine Bitte mit dem mir schon bekannten inneren Frieden, der alles menschliche Verstehen übersteigt.

„Warum hassen Sie Ihre Eltern?" begann später der Psychiater das Gespräch. „Warum mußten Sie ihnen das erzählen? Auch andere Juden besuchen eine Kirche, aber sie erzählen es nicht groß. Warum hassen Sie Ihre Eltern?"

„Wie konnte ich mit einer Lüge leben? Ich sagte es ihnen, weil ich glücklich war, diese Entscheidung getroffen zu haben."

Der Psychiater erklärte mir, es sei alles in Ordnung. Dem Rabbi aber sagte er, ich brauche ärztliche Hilfe. Marga ließ mich versprechen, daß ich seinem Rat folgen und einen Arzt in Anspruch nehmen würde, wenn ich wieder in Kalifornien sei. Das versprach ich denn auch.

Ich wußte, daß meiner Entscheidung kein psychiatrisches Problem zugrunde lag. Aber als Ärztin wußte ich auch, daß der Patient oft kein klares Urteil hat. Die Palmers schickten mich zu einem christlichen Psychiater. Als er sich meine Geschichte angehört hatte, erklärte er, daß der Vorgang nicht gerade außergewöhnlich sei. Manche, die zum Glauben fanden, seien durch ihre Familien sogar in Nervenkliniken eingeliefert worden! Er schlug vor, daß ich mich dem Wunsch meiner Familie unterwarf, wenn sie darauf bestand. Ich solle mich einigen Tests und Untersuchungen unterziehen, um meine geistige Gesundheit schwarz auf weiß bestätigt zu bekommen.

Meine Angehörigen bestanden darauf, und ich handelte nach dem Rat dieses Arztes. Die Testergebnisse bewiesen, daß ich geistig gesund, glücklich und zufrieden war.

Am 22. September 1962, gerade bevor die großen jüdischen Festtage begannen, taufte mich Milton. Mit der Taufe wollte ich meinen Gehorsam Jesus und seinem Wort gegenüber zum Ausdruck bringen und meinen Glauben öffentlich bekennen. Jesus befahl seinen Jüngern, sich taufen zu lassen — nicht, um erlöst zu werden, nicht, um dadurch Gnade zu erlangen, sondern als Zeichen des Gehorsams und des Bekenntnisses.

Dann wurde es Zeit, daß ich nach Chikago flog, um die mündliche Prüfung abzulegen, die seit der schriftlichen Prüfung im Januar noch fällig war.

Ich hatte eigentlich ein paar Tage früher fliegen wollen, um noch ein wenig zu pauken. Aber ich blieb bei Vater, der gerade krank war. Erst am Abend vor der Prüfung flog ich nach Chikago. In all den Jahren hatte ich bei schriftlichen Examen immer gut abgeschnitten, doch im Kreuzfeuer einer mündlichen Prüfung versagte ich leicht. Bei solch einer Gelegenheit war alles in mir wie ausgelöscht und ich selbst wie erstarrt.

Unaufhörlich flehte ich zum Herrn, daß er mir helfen möge, mich rechtzeitig an das Verlangte zu erinnern. Ich kannte mich in meinem Fach aus, mußte mein Wissen aber auch zur Hand haben, wenn ich es brauchte. „Halte mich bei der Hand, Herr, halte mich bei der Hand!"

Ich war die ruhigste unter den zwölf Prüflingen. Einzeln wurden wir jeder zwei Stunden lang befragt, indem wir von einem Arzt nach dem anderen geprüft wurden. Meine Familie hatte gewettet, daß ich nicht durchkäme in der Annahme, mein Glaube habe meine Liebe zur Medizin ausgelöscht.

Ich schaffte es! Oder soll ich sagen, ein anderer gab die richtigen Antworten für mich?

In den folgenden Jahren wurde ich immer fester in den Baum des Lebens eingefügt. Ich war erstaunt über die Früchte, die er an seinen Zweigen trug, wenn wir uns nur Christus überlassen und ihn durch uns wirken lassen.

Manche meiner jüdischen Freunde denken, man könne nicht gleichzeitig Jude und Christ sein. Ich kann das verstehen, denn vor wenigen Jahren noch dachte ich genauso. Doch die Bibel spricht von drei Menschengruppen: Juden, Heiden und Christen. Wir können uns nicht aussuchen, als was wir geboren werden — wir sind entweder Juden oder Heiden, aber dann kann jeder einzelne durch den Glauben an Jesus Christus ein Nachfolger Christi werden. Das Neue Testament nennt diesen Vorgang eine neue Geburt oder geistliche Geburt (Johannes 3). Obwohl ich mich immer sehr stark als Jüdin fühlte, kann ich ohne Vorbehalt sagen, daß ich mich nun noch viel mehr als Jüdin fühle, seit ich Jesus als den Messias angenommen habe.

Vater, der im Laufe der Jahre immer wieder einmal zu Bett gelegen hatte, erkrankte im Juli 1969 ernstlich. Der Arzt meinte, seine letzte Überlebenschance bestehe im Einbau eines Herzschrittmachers.

Ich befand mich gerade in San Antonio und pflegte Marga, die ebenfalls schwer krank war. Ich saß viel an ihrem Bett. Wir hielten uns bei den Händen und unterhielten uns über Leben und Tod, auch über die Ewigkeit. Eilig flog ich nach Los Angeles zurück. Um sieben Uhr morgens stand ich an Vaters Bett. Er hatte gerade eine Injektion bekommen, die den Eingriff vorbereiten sollte. Sie rollten ihn in den Operationssaal und sagten, es würde eine halbe Stunde dauern, um den Schrittmacher einzuführen. Es war halb neun. Ich wußte, daß auch nach dem Eingriff allerlei zu tun blieb. Darum würde es wenigstens zehn Uhr werden.

Es wurde zehn. Nichts! Halb elf. Keine Nachricht! Dann wurde es elf und schließlich halb zwölf. Ich nahm an, er sei auf dem Operationstisch gestorben, und die Ärzte versuchten, ihn durch letzte verzweifelte Maßnahmen wieder zu beleben.

Doch mich verließ während dieser ganzen Zeit nie der innere Friede.

Um zwölf Uhr teilte uns der Kardiologe mit, sie hätten

drei Stunden lang versucht, den Katheder in sein Herz einzuführen, aber er ließe sich nicht anschließen. So nähten sie ihn wieder zu, und Vater lebte weiter ohne Herzschrittmacher!

Marga starb am 27. Februar 1970. In der Zeit, die ich vor ihrem Tod bei ihr zubrachte, konnte ich beobachten, wie ein erfrorenes Herz unter der Wärme von Gottes Liebe schmolz. Der Herr gab mir die Gewißheit, daß sie bei ihm ist.

Wir glaubten, daß Vater den Schock von Margas Tod nicht überleben würde, doch er tat es. Vier Monate später schlug ihn ein Mann auf der Straße nieder. Er warf ihn ganz ohne Grund zu Boden. Vater mußte mehrere Monate das Bett hüten. Er hatte innere Blutungen und eine Hüftverletzung davongetragen.

Oft sprach ich mit ihm über Christus, da ich fürchtete, sein Tod stehe unmittelbar bevor. Ich wollte doch, daß er das ewige Leben erlangte. Schließlich bat ich ihn sogar, eine Entscheidung zu treffen.

„Ich wünschte, ich könnte es. Aber ich kann es nicht. Es ist zu spät. Ich kann einfach nicht mehr denken."

Ich sagte ihm, viele Menschen verpaßten die Gnade Gottes, weil sie sich selbst durch Nachdenken in eine ausweglose Lage brächten. Alles, was er brauchte, sei, sich selbst loszulassen und Gott nachzugeben; ihm zu sagen, daß er seinen Weg einschlagen wolle. Das ist Glaube, aber kein blinder Glaube. Das „Licht der Welt" verbreitet nicht etwa Dunkelheit um uns.

Am 3. Januar 1971 kam Vater wieder ins Krankenhaus. Ich ahnte, daß er diesmal sterben würde. Eine ganze Weile erwähnte ich den Messias nicht wieder, denn er selbst mußte die Entscheidung treffen. Gott zwingt niemand zum Glauben. Er wartet einfach ab — und liebt uns weiterhin.

Eines Tages nahm Vater meine Hand: „Jetzt weiß ich, warum Marga dich immer in ihrer Nähe haben wollte. Wenn du hier bist, fühle ich solchen Frieden."

„Das liegt daran, daß Jesus auch hier ist, wenn ich bei dir bin."

Er lächelte.

Eine Nonne im Hospital, die Helferin des Chaplains erzählte mir, sie pflege mit Vater zu beten, und er habe das sehr gern. Vater stimmte zu: „Wenn sie mit mir betet, gebraucht sie dabei keinen Namen, rein gar nichts."

An einem Sonntag sagte er, wie besorgt er um mich sei. Ich erwiderte, daß seine Sorge sich nicht mit meiner messen könne. Immer noch wartete ich darauf, die eine gute Nachricht von ihm zu hören. Er wußte, was ich meinte.

„Nun, ich will dir sagen", flüsterte Vater, kaum fähig zu sprechen, „ich bin jetzt achtzig Jahre alt. Ich bin in dieser Religion erzogen worden und kann sie jetzt nicht wechseln."

Ich sagte ihm darauf, daß achtzig Jahre nichts sind, verglichen mit der Ewigkeit, und daß er seine Religion nicht wechseln, sondern nur den Messias annehmen brauche. Ich sprach mit ihm über Yom Kippur, den Versöhungstag. Da wurde eine Decke angeboten, eine Decke für unsere Sünden (das ist die Bedeutung des Wortes „Kippur"). Doch allein das Lamm Gottes, der Messias, ist das einzig vollkommene und annehmbare Opfer, um unsere Sünden für immer wegzutun. Gott ließ in seiner Liebe zu, daß das Blut seines einzigen Sohnes vergossen wurde. Alle Menschen sind Sklaven der Sünde, von Natur aus und durch ihre Taten. Nur ein Freier kann einen Sklaven loskaufen. Jesus, der als einziger frei von Sünde war, ist deshalb auch der einzige, der uns erlösen kann. „Gewähre uns Befreiung", heißt ein Ausruf in unserem orthodoxen Gebetbuch, „erlöse uns!"

„Ich denke, das alles glaubst du doch, nicht wahr, Vater?"

Er nickte.

Ich umarmte ihn und meinte, nun sei alles in Ordnung.

Am Mittwoch kam Doug Pyle, um Vater zu besuchen. Er ist ein Christ, der das jüdische Volk mehr liebt als die meisten Juden. Dougs Dienst besteht darin, daß er den Juden die alttestamentlichen Verheißungen und Prophezeiungen nahebringt und zeigt, wie sie zu Jesus führen. Da Doug äußerst feinfühlig gegenüber der Leitung des Heiligen Geistes ist, bedeutet es für ihn eine schwere Bürde, wenn er gebeten wird, Ungläubige zu besuchen. Bei Vater hatte er dieses Gefühl nicht. Dougs Mutter, eine Krankenschwester, hatte zuvor meine Eltern besucht. An jenem Nachmittag bat Mutter Frau Pyle um ihren Besuch. Ich war freudig bewegt.

In den Tagen, da wir auf Vaters Tod warteten, betete ich darum, daß ich bei Mutter sein dürfe, wenn es so weit wäre. Diese Wochen hatten mich sehr angestrengt. Eine Freundin fuhr mich regelmäßig durch ganz Los Angeles: vom Krankenhaus zu meiner Praxis, von der Praxis zu meiner Wohnung und wieder ins Krankenhaus.

Als ich Frau Pyle im Hospital sah, rief sie, sie habe gute Nachrichten für mich. Ich wußte, was sie meinte. Vater war über ihren Besuch glücklich, und sie hatte keine Zeit verloren, sondern gesagt, daß er den Messias brauche, um in den Himmel zu kommen.

Er hatte gelächelt und ihre Hand gedrückt.

Dann hatte sie erklärt, daß das Blut Jesu das Sühnopfer für unsere Sünden ist.

Wieder hatte er genickt.

An jenem Morgen begegnete ich der Nonne, die meinen Vater betreute, und bat sie, mit ihm in Jesu Namen zu beten, da ich um seine Rettung besorgt sei. Er habe die Frohe Botschaft bereits gehört und würde nicht gekränkt sein. Sie stimmte zu, suchte ein passendes Gebet in ihrem Buch, das die Erlösung und den Friedensfürsten erwähnte, und las es Vater vor. „In Jesu Namen“, schloß sie.

Er lächelte und drückte ihre Finger fester.

An jenem Nachmittag konnte er nur immer wieder sagen: „Meta, Meta.“ Das war der Name meiner Mutter. Ich strich sein Kissen glatt, und er wandte sich an mich.

„. . . du hast es getan.“

„Das Richtige?“

„Ja.“

Über Nacht blieb ich bei Mutter. Um vier Uhr früh rief ich im Krankenhaus an und erfuhr, daß es Vater schlechter ging. Ich konnte Mutter nicht zur Eile antreiben, da ich fürchtete, sie würde durchdrehen. Ich hoffte, wir würden um sechs Uhr da sein, aber um diese Zeit verließen wir erst die Wohnung. Wir kamen zwanzig Minuten nach sechs Uhr an. Vater war fünf Minuten vor sechs Uhr gestorben. Es war der 19. Januar 1971.

Ich habe die Zuversicht, ja das Wissen, daß ich Charltje, Vater und Marga beim Herrn wiedersehen werde. Zum ersten Mal werde ich dann auch meiner Schwester begegnen, die in dieser Welt nicht groß werden sollte.

Als ich an Jesus als den Messias glaubte, bildete ich mir ein, ich sei der erste Jude, der dies täte. Wie dumm war ich doch! Seit den Tagen, da unsere jüdischen Ahnen die Jünger des Herrn wurden, seit sie die erste christliche Gemeinde bildeten und unter den Heiden Zeugnis ablegten, hatte es immer einen kleinen Rest Juden gegeben, die zu den wahren Christus-Gläubigen zählten. Schon der Prophet Elia glaubte, er sei als einziger Anbeter des wahren Gottes übriggeblieben, bis der Herr ihm bedeutete, daß es noch siebentausend andere gebe.

In ganz Amerika gibt es eine wachsende Zahl von Judenchristen, die ein lebendiges Zeugnis für die Prophezeiung sind: „Danach werden sich die Kinder Israel bekehren und den Herrn, ihren Gott, und ihren König David suchen und werden mit Zittern zu dem Herrn und seiner Gnade kommen in der letzten Zeit" (Hosea 3, 5).

Welches ist die letzte Zeit? Sie ist heute — weil die Prophezeiungen in Daniel, Hesekiel, Sacharja, Matthäus und anderen Teilen der Schrift sich vor unseren Augen erfüllen.

Als Jesus den Juden predigte, glaubten Tausende an ihn, aber ihre kirchlichen Führer, die Pharisäer, sahen in ihm nur eine Bedrohung ihrer Autorität. Als Jüdin, deren Glauben die Erfüllung geschenkt wurde, war mir die Antwort wichtig, die mein Messias ihnen gab: „Ich habe es euch gesagt, und ihr glaubet nicht. Die Werke, die ich tue in meines Vaters Naden, die zeugen von mir. Aber ihr glaubet nicht, denn ihr seid nicht von meinen Schafen. Meine Schafe hören meine Stimme, und ich kenne sie, und sie folgen mir, und ich gebe ihnen das ewige Leben, und sie werden nimmermehr umkommen, und niemand wird sie aus meiner Hand reißen. Ich und der Vater sind eins" (Joh. 10, 25—28. 30).

Die Welt, die rings um uns zugrunde geht, ist ein beredtes Zeugnis: die zunehmende Kriminalität, die Drogensucht, die sich ausbreitende Leere, die Arme und Reiche in gleicher Weise fühlen. Was fehlt den Menschen? Der Messias. Eine Erfüllung, nach der der Mensch ständig strebt und die er nie erreicht, die nur Jesus einem leeren Menschenherzen bringen kann.

Wir brauchen nicht auf den physischen Tod zu warten, um zu wissen, ob es Gott gibt oder nicht. Er strömt Kraft und Leben aus und will in unser Leben kommen, wenn wir ihn einlassen. Und doch wird die tägliche freudige Erregung, daß ich den Messias gefunden habe, nicht zu vergleichen sein mit dem Empfinden, das ich bei seiner Wiederkunft haben werde!

Über dreihundert Prophezeiungen im Alten Testament handeln von der ersten Ankunft unseres Herrn, die sich vor fast zweitausend Jahren zutrug. Doch das Alte Testament enthält ebenso über fünfhundert Hinweise auf sein zweites Kommen. Kann man sich vorstellen, daß man mit Abraham, Isaak und Jakob im Gottesreich zu Tisch sitzen wird?

Jesus sagt, wir müssen wiedergeboren werden. Nikodemus, einem jüdischen Führer, kam diese Idee phantastisch vor: „Kann ein Mensch auch wiederum in seiner Mutter Leib gehen und geboren werden?" fragte er. Und Jesus antwortete: „Wahrlich, wahrlich, ich sage dir: Es sei denn, daß jemand geboren werde aus Wasser und Geist, so kann er nicht in das Reich Gottes kommen" (Joh. 3, 5).

Auch der Apostel Petrus sagt: „... als die da wiedergeboren sind, nicht aus vergänglichem, sondern aus unvergänglichem Samen, nämlich aus dem lebendigen Wort Gottes, das da bleibt" (1. Petrus 1, 2. 3).

Die Leute fragen mich manchmal, wie ich als Ärztin so etwas glauben könne. Wie kann ich als Ärztin nicht glauben? Alles, was dazu nötig ist, ist zu sehen, wie vollkommen ein neugeborenes menschliches Wesen sich aus einem mikroskopisch kleinen Ei entwickelt. Ein Witz des Schicksals? Ein bloßer Zufall? Gewiß nicht!

Wenn ich an die Qualen meiner Jugend zurückdenke, an den Hunger und die Ängste im Konzentrationslager und wie ich mich dagegen wehrte, als Gott mir seine Wahrheit zeigen wollte, kann ich seinen Namen nur preisen und ihm danken für seine Gnade und sein Wort: „... und bin desselben in guter Zuversicht, daß, der in euch angefangen hat das gute Werk, der wird es auch vollführen bis an den Tag Jesu Christi" (Philipper 1, 6).

An dem Tage, da ich Christus als Erlöser annahm, gab Pastor Palmer mir diesen Vers als Leitspruch. Wie wahr ist er! Vor langer Zeit begann Gott sein Werk in mir, und er ist immer noch am Werk.

Ich kann nur bekennen: „Wir wissen aber, daß denen, die Gott lieben, alle Dinge zum Besten dienen, denen, die nach dem Vorsatz berufen sind" (Römer 8, 28).